雪候鸟

朱成玉 著

朱成玉散文精选集

星河滚烫，人间理想

华中科技大学出版社
http://press.hust.edu.cn
中国·武汉

图书在版编目(CIP)数据

星河滚烫，人间理想 / 朱成玉著. -- 武汉：华中科技大学出版社，2025.3. -- (雪候鸟). -- ISBN 978-7-5772-0835-0

Ⅰ.I267

中国国家版本馆CIP数据核字第2025094FE9号

星河滚烫，人间理想　　　　　　　　　　　　　　　　朱成玉　著
Xinghe Guntang, Renjian Lixiang

策划编辑：娄志敏
责任编辑：田金麟
封面设计：琥珀视觉
责任校对：张会军
责任监印：朱　玢

出版发行：华中科技大学出版社（中国·武汉）　　电话：（027）81321913
　　　　　武汉市东湖新技术开发区华工科技园　　邮编：430223
印　　刷：湖北新华印务有限公司
开　　本：880mm×1230mm　　1/32
印　　张：8
字　　数：158千字
版　　次：2025年3月第1版第1次印刷
定　　价：39.80元

本书若有印装质量问题，请向出版社营销中心调换
全国免费服务热线：400-6679-118　　竭诚为您服务
版权所有　侵权必究

目录
Contents

第一辑 | 白天打扫,夜里祈祷

去黑暗中采光的人,本身即为光。并且我坚信,你收拢了多少光,就能洇开多少黑暗的墨。

- 002 — 白天打扫,夜里祈祷
- 006 — 不摇晃的光
- 010 — 听一朵花在说些什么
- 013 — 一白高天下
- 016 — 我把春天唱得高出鸟儿半拍
- 019 — 向下的天堂
- 022 — 星星会在什么时候哭泣
- 027 — 母亲的风景
- 031 — 雪不会迷路
- 034 — 一个夜晚的赌注
- 038 — 鹤离鸡群
- 041 — 向世界表达善意

第二辑 | 为一朵花披上袈裟

有牧云者,用诗意的仰望,放牧云朵;有牧雨人,用童真的手指,指点江山……更有牧心的人,随心所欲,顺其自然,缓慢地生活,缓慢地思考,胸无城府,却又藏着千山万壑。

046 — 一匹马的灵魂

049 — 闻一闻父亲的味道

053 — 蜗牛爬在去年的脚印里

056 — 一只瓢虫的愿望

059 — 为一朵花披上袈裟

062 — 一支钢笔的幸福

066 — 随遇

070 — 本该如此

073 — 飞过宴会厅的麻雀

076 — 有理想的蜗牛

080 — 忧伤的质量

083 — 虚构的祖母

第三辑 | 安顿灵魂的月光

不要给一颗心裹上坚硬的外壳，不要给它套上牢笼，要空空荡荡，要荒芜，要试着在今天从心开始，刀耕火种。

088 —— 爱之寻

092 —— 戴帽子的蝴蝶

095 —— 半步善良

098 —— 不懂之刃

101 —— 安顿灵魂的月光

104 —— 八岁的蓝

108 —— 不要惊动一只小翠鸟

111 —— 把光阴勾兑成酒

114 —— 老鹰不会像麻雀一样吵架

117 —— 木头的耳朵

121 —— 心灵的好模样

124 —— 世上没有生锈的影子

第四辑 | 掬一捧从前的月色生活

如果疼痛无法止息,那么,就选择承受。大声地哭出来,眼泪会替你清洗伤口。疼痛的时候,你是一棵战栗的树;待你痊愈时,你会是一座森林。

128 —— 没有点"奢侈"又算什么生活

131 —— 掬一捧从前的月色生活

134 —— 心疼的时刻

139 —— 白鸽不会亲吻乌鸦

142 —— 节奏

145 —— 每一滴眼泪都是人世间最小的湖泊

148 —— 麻雀不必飞得很高

151 —— 一朵花,只管开着

154 —— 四分之三拍的扫帚

157 —— 一棵树的复仇

161 —— 榆钱儿蒸面

164 —— 愿我的字,在你们心间吐绿

第五辑 | 年轻的四滴眼泪

静。然后是净。再然后,是境。可以让心灵美好的几个台阶,如今,我走到了哪里?

168 —— 丁香绕

171 —— 那些安分守己的忧伤

175 —— 芹菜的日常

179 —— 年轻的四滴眼泪

183 —— 母亲的感谢

188 —— 镀着阳光的金项链

191 —— 风筝的心

194 —— 轻盈的人前途无量

197 —— 缝补

201 —— 拈起生活的盖子

204 —— 母亲这把干柴

207 —— 你看不见白天的星

第六辑 | 我是我们的偏旁

有爱的日子,爱人、爱猫、爱狗,爱生灵,爱世间万物,一切由心,一派祥和,其乐融融。不缺少爱的人,每个庸常日子里的一缕饭香,甚至一丝风,一缕阳光,都可以是礼物。

212 — 赶路的荷花

216 — 月亮药片

219 — 什么时候喊疼

222 — 人心这根弦

225 — 有墨

228 — 有质量的日子

231 — 住在一朵云里

234 — 不语

238 — 我是我们的偏旁

242 — 在那些美好的事物面前

245 — 只言片语的温暖

第一辑
白天打扫,夜里祈祷

去黑暗中采光的人,本身即为光。并且我坚信,你收拢了多少光,就能洇开多少黑暗的墨。

白天打扫，夜里祈祷

祖母走后，所有的光亮都减了一半。

从此，我总是喜欢躲在黑暗里哭泣。白天，拉上厚厚的窗帘，夜里，关闭所有的灯。

坚强的父亲摩挲着我的头，让我不要太过悲伤。白天，他为我拉开窗帘，让阳光赶跑黑暗；夜里，他为我打开灯，让灯光吃掉黑暗。

"为奶奶祈祷吧，"父亲说，"用你的祷告为她铺一条平坦的通往天堂的路。"

"嗯！"我含泪应着。我知道，一直宠爱我的祖母，是不希望我一直居住在黑暗里的。

祖母是个勤快而干净的人，干净得似乎有"洁癖"。她很少闲下来，一天之中，大部分时间手里都拿着扫把，扫地成了她乐此不疲的"娱乐"。她与灰尘势不两立，总是拿着一块抹布，东擦擦，西擦擦，把屋子里拾掇得窗明几亮。小时候，看着祖母不停地做着家务，我总是突发奇想：扫地的扫把会累吗？擦玻璃的抹布会疼吗？小孩子的心思就是怪，不心疼祖母，却心疼一支扫把、一块抹布，甚至天上的一朵云。"奶奶，我把那朵云摘下来，给你当抹布好不好？"那是孩提时自以为是的笑话，说完便"咯咯咯"地笑个不停。祖母却不笑，她说："要把它留在天上，不然天空该脏了。"

祖母的命运，就像一只无底的杯子，从来没有被填满过。

在那个年代，祖母被冠以"扫把星"的名号。"扫把星"都是"克夫"的，嫁给祖父之前，她已经接连"克死"了两任丈夫，且都没来得及留下后代。而最后，祖父也没能逃脱被她"克死"的命运，婚后便被征兵去了前线打仗并死在了战场。所幸祖母给祖父留下了唯一的后人，也就是我的父亲。

从此之后，祖母也开始怀疑自己的命运。的确，自己就像对扫把"情有独钟"一样，每天都会不自觉地拿起放下、放下拿起，难不成自己真的是"扫把星"吗？她似乎认了自己"克夫"的命，再没有改嫁，专心养育我的父亲。她靠给别人洗衣服、糊纸盒维持生计，甚至去捡垃圾、当乞丐，直到把父亲养大成人。父亲一寸寸地长起来，祖母便一寸寸地矮下去，直到生命消亡。

父亲说，日子再苦，自己母亲的脸上，也总是闪着愉快的光。

祖母的苦，就像她衣服上的补丁，一块接着一块。可是祖母衣服上的补丁，并不难看，相反，让人喜爱。那是我最早佩服祖母的地方，因为她能将补丁缝补得如艺术品一般，让衣服上的一个个漏洞转眼间变成了一朵朵莲。我想，她对待衣服上的"洞"，一如对待自己的伤口吧，那些揪住她不放的苦，咬着她，让她千疮百孔，可是她懂得用一个个坚强的笑脸去缝补它们。

祖母一生都在不停地打扫，我想，那是她在努力打扫时光里的苦楚，擦拭命运里的阴霾吧，使一个个日子变得明亮而欢快。

祖母走的时候，背驼得几乎快挨着地面了，她在无限接近大地。这个不肯在命运面前下跪的人啊，一个躲闪不及就被埋入了荒丘。

在祖母的墓前，我们放了一支扫把。我们每次来，都会把她的墓地打扫得干干净净，我们知道，祖母的一生，与灰尘为敌。因为她是一支扫把，是地面上的云；而云，是天空的扫把。

祖母走后，母亲辞职回家，接替了祖母的活计。母亲打心眼里一直看不惯祖母的"洁癖"，可是现如今，她的身上却越来越多地有了祖母的影子。只是住进了楼里，很少再用扫把了，经常映入我眼帘的场景是，母亲如一个奴仆，跪在地板上，擦拭着一地的碎语流光。

母亲继承了祖母的"洁癖"，使得家里的物什总是闪着亮晶晶的光。我知道，那光里，亦有祖母的灵魂。这两个伟大的女人，正在将干净温暖的日子一脉相传。

如果有人好奇地问我,你为何如此快乐,你过着怎样的生活?我想我会怀着幸福的心告诉他:白天打扫,夜里祈祷。

白天可以仰望云朵,夜里可以看到月亮,这就是最简单的幸福了。

云的使命,是让天空变得干净;月亮的使命,是让人间变得温柔。不停打扫天空的云,常常会滴下疲惫的汗水。现在你该知道,让那些有着暗影的心一寸寸变白,让那些僵硬的心一寸寸变软,是一件多么艰难的事。

"白天打扫,夜里祈祷,那岂不是修女一般的生活?"好奇的人不置可否。

我说是的,这修女一样的生活,看似枯燥无味,却在使这个世界变得洁白、纯净。白天因打扫而干净,夜晚因祈祷而温暖。

现在,想念祖母的时候,我就会抬头望天,看那一朵朵云。祖母在天上,肯定改不了爱干净的癖性,她肯定变成了一朵云,她在天上忙着打扫,让天空一尘不染,甚至不留下鸟儿飞过的痕迹。

的确,祖母有必要留在天上,不然,天空该脏了。

不摇晃的光

清明节的时候,我们去祖父的墓前祭奠。刚刚下过雨,山路泥泞,我们歪歪扭扭的脚印,像祖父吃过的药丸,蜿蜒地铺向他的坟前。

祖父是个药篓子,一生吃药无数。他爱惜生命,任何一点疼痛都会引起他的警觉,这没什么不好,只是看着他每次大包小包地从外面带回来的都是中药,我们难免会失望,真希望那一包一包的药都能变成给我们的美味糕点。

都说久病成医,祖父也多了些所谓的经验。不过即便成医,怕也是个庸医吧。他凭自己的"试药"效果,给别人出主意,让别人也买了一包一包的中药回去,效果不佳,他便免不了受人一阵埋怨。可是他仍旧喜欢"多管闲事",乐此不疲。

祖父是个木匠,小时候经常看见他很认真地打磨每一根木头,去掉上面的毛刺和不平处,就像他大半生以来,用自己的手和脚，一步一步蹚平多舛的命途。他常常给邻里修补一下桌子和门窗，也会做一些板凳之类的小物件给他们，从不收钱，他说他就这么点手艺，权当是帮了一点忙了。

祖父活过了八十岁，算是高寿。其实延长他寿命的并非那些奇奇怪怪的中药，而是他的一副热心肠。这份热心肠使他常常保有一份用不完的活力。

祖父是个体面的人，需要出入一些场合时，一身中山装笔挺有型，一点看不出像个"药篓子"，而且总是给人一种感觉——他身上有光。这光，可驱疾。

或许是受了祖父的影响，父亲也是这样的人。

父亲年轻时卖过猪肉，过年了，有乡邻买不起肉，可是孩子又嘴馋，就想赊点儿肉包点儿饺子，他从不犹豫，还往往多给人称一斤，"少了不够，让孩子们好好解解馋。"父亲就这样，让自己在那些灰暗的日子里，发着微弱的光。

米粒儿在白纸上画出了很奇怪的画，一片青草地，一排很小的小房子。我问她画的是什么，她说是坟墓。

为什么要画这么悲伤的事物呢？

"我没觉得悲伤啊！"米粒儿说，"那不是还有一个大大的太阳嘛！"

我看到了，在整张白纸的上方，是一轮红彤彤的太阳。有它照着，万物生光，无一点悲伤。

"你再看！"米粒儿神秘地把白纸翻过来，原来，另一面也画着画——绿树红花、风车秋千、蝴蝶云朵、玩耍的孩童……热闹欢快，一派盎然生机。

在孩子的眼中，生与死，两个世界，只是一张纸的距离。

诗人牧心把矿工的下井、升井比喻为在阴阳两界穿行："在阳间，他不能将自己藏在黑暗中；在阴间，他不能将自己抛在阳光下。"

去黑暗中采光的人，本身即为光。并且我坚信，你收拢了多少光，就能洇开多少黑暗的墨。

我看着向日葵一寸寸地向上生长，心疼它仰望的脖颈，却又无法更改它内心的热爱。我仰望它的姿势，又何尝不是另一棵向日葵呢！

库切说："你内心肯定有某种火焰，能把你和其他人区别开来。"当山河重新排序，你再向上一个台阶，离落日就又近了一步，你距离那束光的熄灭，还有一支烟的时间。在这段距离里，你可以给渔民点亮一座灯塔，可以给风中的人，指向一座温暖的小屋。

一束光熄灭，肯定会有另一束光亮起。就像晚霞褪尽，月亮升起，如此，生生不息，维系着整个尘世。

月亮是人心里的光在夜空的投影。它不会嫌弃任何一个城镇和村庄、任何一条沟渠、任何一片破瓦及上面每一丛鲜亮的苔藓……如圣母之爱，抚慰贫寒的人们——生活即便穷苦，也会有一束不肯服输的光亮着。最小的缝隙里钻出去的光，会像一根针,扎得破尘世最厚的那张脸皮。

所谓活着,就是一束不熄灭的光,就是,不绝望。

夜里,小孩子拿着手电筒玩耍,我听见有人在喊——"看啊,那幼小的人,拄着一束光"。

这是诗歌。在生活里,可能没有人愿意做小说家,因为他们总喜欢把一条平坦的路走得跌宕起伏。然而更真实的生活,应该是诗歌和小说的融合——漫长、灰暗而曲折的路,不必心生寒凉;心怀善念,就会拄着一束光。路弯曲,脚印却是笔直的。那束光或许不会减轻你的疼痛和劳累,但至少,会令你走得稳妥、不摇晃。

听一朵花在说些什么

如果遇见一朵心仪的花,不妨坐下来,听听它在说些什么。

听它说,风的熨帖;听它说,光的惬意;听它说,岁月;听它说,天涯。

只要你愿意,你可以走进任何事物,你思维的触角神奇无比。当你走进那虚幻而又真实的城堡,你是否闻得到那属于自由的、灵魂的香气?

听它说,缓慢地生活。不是每个人都可以成为参天大树,更多的时候,你是一棵小草、一朵小野花,可这又何妨,这并不妨碍你去倾听天籁。

周末回了趟老家,叫勃利的小县城。当地人说,近几年经济萧条,消费形势自然也不好。中心商场,一楼最显眼的柜台空着一半。假日里街上只有零散的行人,缓缓前行。街道尽头,几年前常吃的热面馆还开着。大中午只有店主一人,有一搭没一搭抱怨着，人少了生意不好做，说不定哪一天就不做了，去南方走走。

店主有个五岁的小女儿，下过雨后，总爱在店前窄小林带里挖蚯蚓，攒很多带回面馆。大人没发现，就埋到花盆里；被发现就挨顿骂，再等下一场大雨。可她家里的花总是开不大。因为虽然蚯蚓可以松土，但是盆内的土壤面积小，蚯蚓繁殖速度很快，虽不啃食花木根系，但是许多蚯蚓缠绕在一起在盆土中造成很大的孔洞，使根系与盆土脱离，无法正常吸收水分，所以小女孩的做法看似宠爱实为毒害。小女孩显然不明白其中道理，她只认准这蚯蚓会松土，会让她的花开得更好。

店主告诉我，小女孩先天性聋哑，只能活在自己的内心世界里。

可是我看得出来，小女孩有她自己的快乐，她经常捧着她的花，放到耳边，好像在倾听什么，这样的举动常常让父母摇头叹息。但我知道，她的内心是一座巨大的宝藏，那里蕴藏着各种各样的景致，闭上眼，她便可以周游世界、历览人间。

她拘谨的内心，是充盈着香气的。快乐的心，是一颗小石子，揣着它投入生活，再冷寂的湖面，也会泛起微澜。

我感动于这小女孩的执着，她向我传递道义，我愿我的善良，与她整齐划一。

小女孩的世界多么干净而幸福，和她比起来，大人们的烦恼无以复加，增高鞋垫无法拯救的身高、饿得头晕眼花也甩不掉的脂肪、庸常的面貌、平凡的出身、几乎为零的才华、随时爆炸的性格、间歇性的抑郁、银行卡里的可怜数字、挥之不去的猜疑……这世界仿佛一场灾难。

看着小女孩蹦蹦跳跳地在面馆门口进进出出，对着我绽放比阳光还灿烂的笑脸时，我知道，这人间可以冷清，但不能荒凉，哪怕只剩一朵花，也可以迎风飞舞。哪怕只剩一个人，也可以蹲下来，闻一闻那朵花的香。

法国作家弗朗索瓦丝·萨冈说："在某一栋黄色的房子里，所有的楼梯和阳台都突出在屋外，某种东西使你想坐在阳光下，想去偷果子，想用接连几个小时去谈论一件极小的事情。"

我的脑海中便满满都是小女孩托腮凝望花朵的样子，有欢欣，有鼓舞，也有忐忑和失望。

花落了，不是它的生命要凋零，而是你起身离去，再不回过头来。

再回老家的时候，我决定要送一盆极好的花给那个面馆的小女孩，并且用手语告诉她蚯蚓不适合放在花盆里的道理。还要告诉她，只要用心听，就可以听到很多花的秘密。听到它的欢喜和悲伤，听到它的明媚和忧郁，听到它起床时伸着懒腰打着哈欠，甚至，听到它睡着的时候，四散开来的鼾声。

一白高天下

齐白石有一幅画，就是这个名字，是他罕见的雪景图。将大雪之后的厚重、干净、萧疏、荒寒等境界都表现出来了，更赞的是柳枝的部分，用书法的运笔把柳枝飘动的姿态勾勒出来，又用留白和浓墨表现出雪的厚度和阴影关系。白石老人不忍让世界太过凄寒，用朱砂调色画出了看起来温暖的小房子，还有那个酒幌子，更增添了一丝人间情趣。

友人刘凤为此题的一首诗，更见高妙：

风舞墨留痕，山川别样真。
冰寒三尺厚，雪覆九层茵。
一白高天下，千秋说史臣。
酒帘招寂寞，买醉客乡人。

齐白石画虾闻名，成名后贴出告示，公布画价：白石画虾，十两一只。尽管价钱昂贵，但仍有很多人购画。一位富人见了画价，在心中盘算了一番。于是，以三十五两白银购画，他想，齐白石总得画四只虾吧。岂料他看到画之后，发现只有三只。他想这岂不是白白送了五两银子吗，正要质问，仔细一看，还有半只虾隐于水草之中，只露一截虾尾。看来，白石大师真是言出必行的典范，说到做到。

不是白石老人吝啬，实在是他太过单纯，"一根筋"一般执拗。我想，唯此纯净之"白"，才能叩开艺术之门吧。

宋人画雪，不直接画白，而是泼出一片墨的汪洋，一层层渲染，最后留出山头的白、江心的白、屋顶的白。那一点白里，自有惊涛拍岸，海纳百川；自有姹紫嫣红，气象万千。

白有实心的白与空心的白，看似无异，实则不同。实心的白，如雪，似羽，有生命的抖动。空心的白，不再是一种色彩，而是一种意境——千帆过后的平静，遍赏繁华之后的淡然。

唐人张若虚说，"空里流霜不觉飞，汀上白沙看不见"，这看不见的，即为空心的白。更多的是看得见的实心的白。白聚集多了，就会对照着发现世界的很多不干净。随便一点儿灰尘都会显现出来，更何况那些龌龊与腌臜。地上的白受了委屈，就跑到天上去，仿若一袭我行我素在云中行走的忧伤。

比起灯红酒绿，只有白，能勾勒素朴的人间。烟火里的白，加了霜,加了盐,道尽苍凉。

大音希声,同理,大彩为白。自此余生,所求无他,一双眼,保持清澈;一颗心,恒久澄明。

心净者无敌,一白高天下。

我把春天唱得高出鸟儿半拍

我最爱的春天,来了。

又有谁不爱春天呢?除非,那是个冬眠的、尚未解冻的人。

你便是还没有解冻的人。你说:"不要来救我,我已经废弃了一生!"

"不可以,哪怕所有的门都关紧,我也要给你留一条人间的窗缝,让你看到天堂。"

悲伤总是一闪而过,可是它投下的影子,却很长很长。

我知道,劝你领回阳光的金币,需要排很长的队,耗费我很多月光的银币。

不过,为了一颗心的归来,舍弃几锭光阴,又算得了什么!

我领你去看春天的事物。

领你去看养蜂人,他带着一支支飞翔的针头,给贫瘠的山坡打着一剂剂营养针,让山坡开出更多更绚烂的花。然后,一支支飞翔的针头又变成一支支活着的吸管，把美的精华存储起来，让世界有了甜蜜的念想。只有他见过的花，才叫花朵，只有他耳边的风，才叫吹拂。

领你去看一个美丽的寡妇，她的天虽然塌了一半，但依然果断地站在正午阳光下面，把悲伤拿到炭火上炙烤，直到烤焦，烤到可以吃掉。人们想听她的哭泣，她偏不，反而笑得花枝乱颤。一双儿女茁壮成长，命阴着脸打翻她，她笑着反抗命。

领你去看郊外挖野菜的人，多么稠密的人群啊！他们说说笑笑，欢乐从大地上升起。我惊诧于这些硬朗的生命，他们中的绝大多数，都如同田野里的蒿草一样普遍。可是，他们朝气蓬勃。

领你去看春天的早晨的雾。一个孩子坐在母亲的自行车后座，好奇地伸出手去，试图抓到这些无形的雾，可是他并没有如愿。一切是不确定的。天空已经下降到地面，你已经不再是清晰的你。晨练的老人们，远远地走过来，看不清他们的脸，也看不清他们衣服的颜色，但看见他们手里拿着扇子，那定是刚扭完秧歌儿回来，衣服也一定都是鲜艳的。他们的声音是清晰的——"去桃南菜市场吧，那儿的鸡蛋要便宜一毛钱""豆腐还冒着热气呢，回家就能吃"……这热气腾腾的何止是豆腐，还有生活。

荣荣在《有关春天的歌》中写道："其实我不是一个出色的诗人/我只把春天唱得高出众鸟半拍/但这就够了/瞧/我已惊动了那些冬眠的人……"

但愿，我唤醒了你。

我想趁现在，趁阳光正好，趁微风不聒噪，趁花儿还未韶华胜极，趁我还年轻，还可以走很长很长的路，还能诉说很深很深的思念，趁世界还不那么拥挤，趁汽车还未开动，趁记忆还能将过往呈现，趁时光没有吞噬留恋，趁心存想念，趁还活着，为自己，疯狂一次，就一次。

我不要做与你对望的那盏灯，我只做你的灯芯。燃烧是我的事儿，决定我燃烧或者熄灭，是你的事儿。

相爱，是一种劳动。有益身心，强身健体。

你看我，多么像你的候鸟，等待着，与你同住。

"都醒了，我还睡着。一切都是新的，唯有我是陈旧的，真对不起，亲爱的。不过我会像古老的瓷器一样，陪伴你。从现在开始，我会把自己拾掇得干干净净，像新的一样，通过我光洁的身体，把每一天最初的一抹朝阳反射给你。"

终于帮你领回阳光的金币。你看，多么值得！我舍弃的那几锭光阴，换回来的，是多少克拉幸福的钻石呢！

向下的天堂

一直都是看着孩子在滑梯上玩儿,这一次,终于有了大人玩儿的滑梯,我从那上面一路滑下,一种从未有过的顺畅之感,令人身心舒爽,真是痛快!不禁顿悟,人生不仅有攀爬,也有向下。爬不上去,或者爬累的时候,就给你下来的快感——这是滑梯里的哲学。

儿时,父亲总是在树下对我张开双臂,鼓励我:"别怕,跳下来,爸爸接着你。"在我眼里,父亲就是无所不能的存在。我丝毫不用担心,向着父亲的怀抱跳下去,父亲稳稳地接住我。在向下跳的过程中,我感受到父亲的怀抱就是我的天堂。

长大以后,心灵鸡汤喝多了,嗓子里似乎总有一只公鸡在打鸣,不停地激励我登高。登高,登到何处才算高?

萧伯纳说:"人可以爬到最高峰,但他不能在那久住。"其实,风景最好的地方是半山腰,而适合久住的只能是山下,近水、避风,羊们很乖巧,我用秋风就可以拴住它们。它们就在我的视线之内吃草,从不走远。当然,水草丰茂,它们倒也不必舍近求远。吃的问题解决了,悠闲的羊们,是不是也会偶尔抬起头,看一会儿云呢?

某一天,一只天牛误闯进我的屋子,它似乎感觉到这是非之地,四处乱撞,急切地寻找出口。每一次撞击到墙面,都令它头晕眼花而跌落到地上,稍事休整,它又飞起来,一圈又一圈,为自己刻录着命运的年轮。忽然,它撞上一根古筝的琴弦,发出曼妙的声响,它似乎愣了一下。不一会儿,它再一次撞上去,又似乎愣了一下,然后又撞了上去……是那曼妙的声响吸引它了吗?寻找出口的任务都已被它抛诸脑后。

你们不必关心那后面的情节——我是否将那只有着文艺细胞的天牛放生,你们只需知道,误打误撞,竟然也可以撞出曲调来,这给了那些在生活的低音区奔波劳碌的人多大的安慰啊——平凡,亦可有歌。

林清玄说,平凡是最难的。在他看来,一个人可以选择轰轰烈烈地过日子,却选择了平凡;一个人只要动念就能获名得利、满足欲望,却选择了平凡;一个人位高权重、力能扛鼎,却选择了平凡,这都是难得的人。而更难得的是,这种人不论在多么不平凡的情况下,还有一颗保持平凡的心。

我是一个小男人,囿于单位、家和图书馆,无甚远大的理想。唯一的奢念是有一个单独的大一点儿的书房,唯一的抱负是照顾好一家老小，发出一点光，照亮或温暖两米以内的事物即可。

我有平凡朴素的爱情，我们相敬如宾，当然，偶尔也免不了争吵怨怼。你有你的犟脾气，我有我的死心眼。暴雨一下三百里，桃花一开，也是三百里。我们一起生下一双女儿，老大如花，小二似玉，待她们翅膀长成，飞走的那天，就会把孤独还给我们。

如果我们感到悲伤，走，我领你去买衣服，请你吃酸辣粉。就这样，我把你的悲伤带去街头，让热闹的洪流去冲洗它们，使它们变得苗条，并越来越细，直至成为一条金光闪闪的项链，又或者，成为一根曼妙的琴弦。

人过中年，对陌生之境失去了探寻的兴趣，对熟悉的事物，却加固了警惕的栅栏。衰老，正以肉眼可见的速度袭来，爱唠叨、爱犯困……以前不喜欢什么样子，现在就是什么样子。

公交车上更多的是站着的人，举起手，紧握吊着的扶手，那姿势，仿佛是在向生活投降。其实不是的，那只是一种妥协，一种激烈抗争后的握手言和。人过中年，走路很慢，而且喜欢低着头，不再仰望。老了，知道上面的东西都是从地里升上去的。再美的云，也会变成雨落下，再鲜嫩的叶子、再绚烂的花，也终将埋于地下。

现在，我终于可以像个智者，躺在阳台的竹椅上，扇着蒲扇，对着那只不停攀爬的瓢虫低语："多少人如你这般，搏命地向上爬，殊不知，向下，亦有芳香的天堂。"

星星会在什么时候哭泣

米粒儿喜欢在临睡前趴着窗户看一会星星,有一天,她忽然问我:"星星会在什么时候哭泣?"

到底是孩子的心啊,敏感、纯净。她能看出一颗星星的伤感,自然也能看出它的孤独。我一时不知道该如何回答她,只是提醒她该睡觉了。那天我给她讲的睡前故事是《夏洛的网》。

在一个农场上生活着一群动物,小猪威尔伯和蜘蛛夏洛在那里逐渐成了好朋友,但是小猪的命运就是在每天吃很多饲料被养肥之后,成为圣诞大餐上的一道菜。小猪威尔伯想改变自己这样的命运,它试着逃出农场,却没有成功过,这时聪明的夏洛想到了一个办法。夏洛用自己的丝在威尔伯的猪栏上织出"王牌猪""了不起""光彩照人"的字样。小猪威尔伯成了一个奇迹,镇上的人争相来参观它,它也渐渐成了家喻户晓的名猪了。农场主一家把它送到集市上参加大赛,它也不负众望获了奖,它的生命将会在安逸中结束，再也不用担心被宰杀了，夏洛却因为织网耗尽了体力，产下卵后就离开了这个世界。在夏洛临终的时候，威尔伯哭着问它为什么要为自己做那么多，夏洛说："你一直是我的朋友，这件事本身就是一个了不起的事。我为你结网是因为我喜欢你。再说，生命到底是什么啊？我们出生，我们活上一阵子，我们死去。一只蜘蛛，一生只忙着捕捉和吃苍蝇是没有意义的，通过帮助你，也许可以提升一点点我生命的价值。谁都知道活着该做一点有意义的事情。"

这是一个童话故事，带着所有童话故事那种美好不真实的外衣，和太过伟大的动物主角。米粒儿哭着，她说从此再也不害怕蜘蛛了，并且还要和它们做朋友，再也不会把它们辛辛苦苦织起来的网破坏了。

米粒儿睡着了，可是她关于星星的问题却让我陷入沉思。

孩子是孤独的，而习惯了孤独的人喜欢借着微弱的星光，安抚自己那颗孤独的小小的心。我看到她收藏了几颗光滑的小石子，用她的话说，那是她的小伙伴。在她的掌心，那么冰冷的小石子也有了温度，她给它们做小衣服，搭小窝棚，把一个个穿了衣服的小石子放进去睡觉，她在旁边守着，用她小小的食指轻轻拍着它们，哼着类似于摇篮曲的调子。小米粒儿与小石子亲密无间。她说："小石子睡得好，明天早上醒来，肯定会又胖了一圈。"

总是担心孩子输在起跑线上，所以我们给米粒儿报了很多兴趣班、美术、英语、古筝、舞蹈……赶场一般，这头结束，那头开始，日复一日。

我看到那些穿着衣服的小石子，更多的是心疼。孩子没有玩伴，学习之余，只有这些小石子成了她最贴心的伙伴。

米粒儿总是执着于给一颗空心菜安装一颗心脏。傻孩子，去哪里得到一颗心脏呢？

"我的可以吗？"

"那怎么行？那样岂不是把宝贝弄丢了嘛！"

"不会的，我就住在空心菜的小窝里。"

"你在里面，它就有心了，就不该再叫空心菜了。"

"那叫什么呢？"

"叫卷心菜吧。"

……

漫画家几米说过，大人是由婴儿变成的，所以世界总是动荡不安。小孩闭上眼睛，看见花，看见梦，看见希望。大人闭上眼睛，睡着了。

辛弃疾有词："最喜小儿亡赖，溪头卧剥莲蓬。"小儿的憨态，与莲子相互照应，人世间最美的画面，莫过于怀揣一颗稚嫩干净的心，做着最简单的事情。在我们为自己的圆滑世故而自鸣得意时，殊不知我们正在失去的，是最宝贵的童真和清澈。如果可以，我愿意女儿永远是那个无忧无虑卧剥莲蓬的孩童，少一些俗世的脂粉气，多一些自然中的清新。

按照米粒儿的喜好和意愿,我果断砍掉了她的几个兴趣班。我想,如果她的童年没有属于自己的回忆,那就是一个消失的童年、一个毫无养分的童年,她的一生都将因此而缺失,失去了独有的那份清澈和芬芳。

请允许她,像一朵花开一样慢,不,这还是有些快了,要像风雕刻一块石头那样慢。我想和她看云,看树,听一朵云问,一朵云答,讨论着宿命;听一棵树唱,一棵树和,讴歌着永恒。

我推着她在巨大的秋千上荡着,一会儿离天空近一点,一会儿离大地近一点。我们手里没有灯笼,但是并非空空如也,只要我们认真地摊开手掌,就会有风,也会有蝴蝶,再幸运一点,还会有星星,落下来。

如果星星是鸟儿,那么黑夜就是一丛丛的树枝。一颗星星与另一颗星星,靠黑夜来连接彼此。夜里,你可以把整个天空看成是一口黑暗的大锅,里面烹煮着星星。整个银河,就是一锅星星汤。有人说,看,那么多星星,在银河里挣扎;有人说,看,那么多星星,在银河里玩耍。

想起蒙塔莱的诗:

也许有一天清晨,走在干燥的玻璃空气里,
我会转身看见一个奇迹发生:
我背后什么也没有,一片虚空
在我身后延伸,带着醉汉的惊骇。

接着,恍若在银幕上,立即拢集过来
树木房屋山峦,又是老一套幻觉。
但已经太迟:我将继续怀着这秘密
默默走在人群中,他们都不回头。

我的牵牛花,有一双迷惘的蓝眼睛。小米粒儿问我:"牵牛花牵的那头牛在哪里?为什么一朵花里要有一头牛呢?"

见我无语,她便自问自答:"我猜,一定是蜗牛吧,不然,小小的花苞里,怎么装得下一头大水牛呢?"

女儿,你是世上最小的花匠,也是我心头永不枯萎的那朵花,无论被谁采摘,你都永远是我的小公主,戴着更大的花冠,饮着更纯洁的露水。

多想让世界像童话一样,那多好啊,每个人都可以津津有味地去阅读。

"星星会在什么时候哭泣?"如果米粒儿再一次问起这个关于星星的问题,我想,我已经知道了答案——

"当我们不再抬头看它们的时候。"

母亲的风景

母亲的糖尿病越来越严重,导致她的视力迅速下降。我们做了种种努力,去了很多医院都无济于事。看到我们愁容满面的样子,母亲竟主动开导起我们来,"就算看不见东西了也没啥,不耽误吃不耽误喝的,还能少看到你们毛手毛脚的,也就省了我唠唠叨叨的,还不好啊!"我们苦笑,我们都习惯了她的唠唠叨叨,从最初的厌烦到后来的接受,再到如今的眷恋,母亲的唠叨已成了我们灵魂里的音乐。不敢想象,等有一天她不再唠叨,我们的生命将会失去多少可爱的音符。

哥哥姐姐们商量着要带母亲去旅游,只想让她在失明之前看看更多美丽的风景,为她的记忆里添加更多的东西。那样,她的记忆总不至于那么枯燥了吧。我主动提出领着母亲去,因为平时太忙,数我陪母亲的时间最少,而且兄弟姐妹当中,母亲是最偏爱我的。

我把工作安排好，请了两个月的长假，准备陪母亲去游览祖国的大好河山。母亲自然是欣喜万分，不住嘴地唠叨起来，"你平时那么忙，这怎么说请假就请了这么长的假呢，快和妈说说，是不是工作不顺心了？"

"再忙也没有陪妈妈重要。"从小就嘴甜的我总能哄妈妈高兴。

我们大包小包地上路了，一路上，因为母亲眼神不好，照顾起来十分不便，但我仍然很快乐。母亲看我忙里忙外的，很是内疚，在车上尽量不喝水，因为怕上厕所。

北京、西藏、云南……两个月里，我带着母亲去了很多地方，母亲每到一个风景胜地，都如饥似渴地睁大已经有些模糊的眼睛使劲地看着，一副要努力把整个世界都看进眼里的架势。我则不停地为她拍照，母亲在每一个镜头里都笑靥如花。

那一刻，我感觉母亲年轻了许多，脸颊上仿佛镀上了少女的红晕。

每次回到旅店，母亲都要从头开始，一点一点把当天看到的风景在脑海里过一遍。

"知足了，一辈子都没看过这么好的风景。"她喃喃地说。

母亲多容易满足啊，我心生内疚，平日里忙来忙去，总是抽不出时间陪母亲看看风景，而现在，母亲的眼睛累了，就要关紧这扇窗户了。

路走多了，母亲的腿肿胀得难受，我为她打来热水泡脚，一边为她按摩，一边兴致勃勃地计划着下一步要去哪里。母亲听着听着就睡着了，我不知道，自己这样的强迫算不算一种不孝，因为这样的奔波实在让母亲有些吃不消。

这就好比是强行往母亲的脑海里塞一些回忆的碎片，这到底有没有意义呢？

我也累了，很快就睡着了。迷迷糊糊中做了很多梦，梦见了小时候，手握着风车，和母亲一起在田野里飞奔，母亲把我高高地托起，转着圈儿，阳光被卷进风车里，一朵朵阳光像棉花糖，温暖甜蜜得让人晕眩……在梦中不觉吃吃地笑出声来，朦胧中感觉到一双手被暖暖地握着。是母亲，安静地坐在我的床边，我偷偷地把眼睛眯个小缝儿，看见母亲使劲地大睁着眼睛，定定地看我，仿佛要把我整个地印进心里去。想起儿时，母亲也是习惯这样看我的啊，那时候经常停电，母亲总是拿着蜡烛，到我床边来，总是要认真地看我一会儿，直到我睡着，在梦的波浪里卷起幸福的鼾声。

我的眼泪不由得就流了出来，在母亲眼里，自己的孩子才是世界上最美的风景啊，可以令她美滋滋地，一生都看不够。

我忍着不让母亲看到我醒来，我喜欢被她的手握着，这双沟壑丛生、粗糙干硬的手，牵引的却是我柔暖光滑的一生！

第二天，我们养足了精神，接着去看风景。在半山腰，我们坐下来，我问母亲今天的风景好不好，母亲说："孩子啊，就算妈看遍了天底下的风景，也不如看你啊！只要有你在，哪里都是好风景。"

是啊，这就是母亲，她看到的哪里是什么风景，她看到的全是自己的孩子。当你牵着她的手，就像小时候她牵你的手一样。她知道她得乖乖地听话，她不能辜负了你的这份孝心。

这就是母亲，就算摸索在黑暗的谷底，也会有力地握着孩子的手。如果我觉得寒冷，她宁可敲碎自己的骨头，为我燃起一堆大火，为我取暖。

我知道，从一出生开始，我们就已深深地烙印在母亲的生命里，即便母亲失明了，儿女们也是她时时可以见到的风景。

原来，母亲的记忆从来就不需要填充，因为孩子们早已将那里占得满满的，不留一丝缝隙。

雪不会迷路

第一场雪总是不一样的,因为它要覆盖原本的一切,它是用来牺牲的——为后面的雪探明前路,它要被越来越厚的雪埋在最下面。当然,它并不为此哀伤,因为它与大地贴得最近。

不管是第一场雪还是最后一场雪,它们都指向分明,目的明确。它们从来都不是稀里糊涂地下,在我心里,雪是上天派来救赎的。雪不会迷路,因为它怀揣着普度众生的重任,它要落到贫瘠之地,给人以慰藉;它要落到繁华之所,给人以警醒。

它落向丰收后的土地,替稻草人再添一件衣裳。稻草人无心,不知冷暖,雪却看得出它的寒冷,并坚信:冷漠,一直都比绝望还要苍白。

它落向战火纷飞之地,试图给仇恨降降温。战争本身是一种毒品,而真正令人疯狂和上瘾的,是在战争里可以撕掉做人的面具。每个人都直接化为野兽,把最原始的欲,推入枪膛,并弹射出去。因过于急切,那暗红的屁股竟"吱吱"地冒着火星。战场上,除了现代化的枪械之外,其他一切,与野兽争地盘并无二致。黎巴嫩电影《何以为家》中,小男孩说:"我要控告我的父母,因为他们生下了我。"这句话震撼人心。每个人都在感念父母的生育之恩、养育之德,而他竟然要控告他的父母,就是因为他们生下他却无法为他提供保护。难民是战争的产物,这些游走在社会最底层的支离破碎的人们,正置身于多么水深火热的境地,民不聊生,生灵涂炭,衣不蔽体,食不果腹……如果说饕餮是可怕的兽,那么,贫穷比它更可怕千倍。

雪,会把冬天的骨头指给我们看。冬天的骨头,是一只麻雀在难得的没有被雪覆盖之处,觅到几粒粮食,衔在嘴里去给另一只雀儿吃;是茫茫大雪中,山路上那个唯一在奔跑的人;是那个在雪野里不舍得抬脚,怕踩疼了雪的孩子;是养老院里,那个生命所剩无几,却依然每天把被子叠成"豆腐块"的老人……史铁生在冬天里,常常是伴着火炉和书,以一遍遍坚定不死的决心,写一些并不发出的信——他亦是那冬天的骨头。

我在冬天呼喊,在苍茫的天地间呼喊,真的就喊回了一些事物,包括我生命中那些心心念念的人,他们的最后,也都成了我的雪。作为雪的时候,他们只是几朵雪花在飘;作为记忆中的片段,他们就纷纷扬扬,下个不停。

浪漫主义的雪,落向现实主义的大地。帮我破解冬天的秘密——为何有的鸟飞走,有的鸟留下来?为何一个人眼里的璀璨,到另一个人眼里,就失去了光影?为何你眼里的繁华,就成了别人眼里的萧条?为何说没有亲吻过的嘴唇,就无法说出甜蜜的话语?为何说没有美酒的草原,就无法呈现出彪悍和辽阔?为何说没有眼泪润过的眼睛,就无法看见流星和彩虹?为何说没有捧过雪花的掌心,就无法感受纯粹和美好……

新的雪,落在旧的雪上,它们前赴后继地,要捂住一些上天的旨意。

一场雪拥抱另一场雪,可是同时,一场雪也在粉碎着另一场雪。十二月的大雪,这辽阔无比的棉花糖,会不会给土地一点儿甜头?

雪落向人间,雪永远不会迷路。哪怕有风诱惑,它也只是偶尔动摇,最后依然会落向指定的地点,给予我们某种警醒——有人罪恶多端,把牢底坐穿;有人为了寻一点果腹之物,把垃圾箱一翻再翻;有人白日里义正词严,夜色中虚与委蛇;有人热衷于上锁,有人醉心于撬门……

一个人站在窗前看了一夜雪,谁也没告诉,这是诗;一个人站在窗前看了一夜雪,只告诉了一个人,这是爱。

一场雪,让人间愿赌服输——满世界都被招降了,到处弥漫着白色的悲伤。"只有雪,才能喊醒死去的河流。我匆忙跪下,恳求这个冬天,一场雪,能帮我喊回,那些远离故乡的人。"(王单单语)如果可以,我也想喊一回,哪怕声音沙哑,喊破喉咙,喊来一场雪,喊回那些远去的亲人。雪不会迷路,落向缥缈的人间,亲人们也不会迷路,落进我最深的梦里。

一个夜晚的赌注

很久没有人这样信任他了,把他当作一个真正的人来看待。那一晚,他辗转反侧,难以入睡。

5年前,他因为抢劫未遂锒铛入狱。现在刑满释放,从监狱出来已经好几个月了,他还是没有找到工作。有一天,在一个建筑工地上,他无意间看到了他的中学同学蚊子,上学的时候大家都这样叫。蚊子是工地上的一个小包工头,还算有些权力,就安排他当了一个力工,吃住都在工地上。"先干着吧,等以后有了好去处再说。"蚊子说。他和蚊子其实不算怎么熟络,上学的时候都没怎么说过话。蚊子在同学聚会的时候,还听说他犯了事,但蚊子没说别的,就让他留下了。不管怎么样,他总算暂时有了一个落脚的地方。他心里很感激蚊子,想开了工钱后一定请蚊子去饭馆里好好吃一顿。

那天,蚊子拿了五千块钱回来,说是管老板要了半年才要回来的。天太晚,已经没有客车了,蚊子说不回去了,要在他的棚子里将就一宿。蚊子还弄了花生米、香肠和几瓶啤酒,两个人聊起上学时候的事情,蚊子有些不胜酒力,喝了两瓶就有些摇摇晃晃了。他的心里就有了坏念头,那些藏在心底的"恶"又蠢蠢欲动起来。在监狱里改造了5年,他以为那些"恶"已经被连根拔除了,没想到它们还在,偷偷地生长着,使他的灵魂跟着扭曲变形。

他不时地盯着蚊子的包,他现在太需要钱了,他想如果现在下手,蚊子没有防备,会很容易得手的。他又给蚊子开了一瓶酒,想让蚊子醉得彻底些,那样他的成功率会更高。蚊子又喝了一大口,然后就嚷嚷着要睡觉。让他没有想到的是,蚊子睡觉前竟然把自己的包塞到了他的怀里,对他说:"我喝多了,你替我拿着吧,我对我自己不放心。"然后脸冲里,呼呼就睡着了。

天赐良机!他这样想道。握着那装着五千块钱的鼓鼓囊囊的包,他的内心慌乱不已,犹如惊涛拍岸。那五千块钱对他来说,诱惑是巨大的。况且天已经黑了,他转眼之间就可以逃之夭夭。

他试着起身开门,蚊子没有反应,依然鼾声如雷,睡得香甜。

他很快融入了夜色里,却忽然停住了脚步。心底的"恶"有些退缩了。他想到,这几个月里,他受尽人们的白眼,没有一个人信任他。所有的人都因为他是一个劳改犯而拒绝他、排斥他,只有蚊子帮了他一把,而且如此信任他,对他毫无防范之心。如果自己真的拿走了这五千块钱，就是给唯一信任自己的人当头泼了一身冷水，让人多寒心。做人不能这样，他这样想着，就折回身，重新回到棚子里，又躺到了蚊子身边。蚊子的鼾声依旧排山倒海、气势非凡。

不过，这真是一个千载难逢的好机会。躺在那里，他的"恶"并不死心，依然怂恿着他。那一夜，他被这五千块钱折磨得疲惫不堪，感觉心底像压了一块大石头一样。

他终究没有拿走那五千块钱，早上他把包递给蚊子的时候，感觉到心底莫大的轻松。因为一夜没有合眼，他的眼睛红红的，蚊子问他怎么了，他撒谎说怕钱丢了，一夜没合眼地看着它。蚊子忙说："对不起、对不起啊，害你遭罪了。"

时光一晃而过。10年之后，他白手起家，从一无所有的劳改犯到身家过亿元的富商，他的经历可谓传奇。作为很有名望的民营企业家，他的事迹常常是当地报纸的头条，人们茶余饭后的谈资。他的商品从不掺假，他被人称道的品质就是诚信。与人谈起自己成功的经历时，他总是毫不避讳自己曾经阴暗的心路历程，包括那一个让他辗转反侧的夜晚。他说，那个夜晚，真正改变了他的命运。从那个夜晚之后，他就决定了要靠自己的能力奋斗下去。因为一个人的信任让他觉得自己还是一个有用的人，他不能辜负一个人的信任。他感激那个人，他会一辈子记住他的名字：朱德文。

"朱德文！"我捧着报纸对父亲喊道，"难道他要感谢的是您吗?"父亲微笑着对我点点头。"您可从来没有和我们提过这件事情啊?快说说,当时到底是怎么回事?"我忽然对父亲无比好奇起来。父亲说:"我根本没有他说的那么好,你知道我当时的真正想法吗?其实我并不信任他,毕竟他曾经是个抢劫过、坐过牢的人,我在做一次冒险的赌博。因为在喝酒的时候我看到了他的眼神,那眼神中有一种贪婪,我就知道他在打这些钱的主意,我的钱和生命都处于危险之中。我决定赌一次。我把钱给他,如果他拿走了,我也认了,毕竟自己还留了一条命。如果他不拿走,那就万事大吉。那一夜,我故意装作睡得很死,其实他的每一个细微的动作我都知道。"

"事实证明,我赢了。"父亲说,继而纠正道,"不,应该说那一晚没有输家,我们两个都赢了。"

是的,那一晚的赌博两个人都赢了。一个人赢回了钱和生命,一个人赢回了那些剩余的精彩的时光。

鹤离鸡群

外甥鸿瀚是个很优秀的年轻人,在微信里和我聊起近期以来的一些郁闷之事。他毕业后不久便入职一家公司,最开始的时候,与他一起入职的同事们彼此间相处得很好,因为都是新人,都想要好的人际关系,所以都愿意友好对待他人。每一次开会的时候,鸿瀚都积极发言,在工作的过程中认真敬业,做出的策划内容时不时受到领导夸赞。他多才多艺,领导觉得他的颜值和谈吐都不错,便决定让他在年会的时候担任主持人。鸿瀚主持得很圆满,不久以后,就被领导推荐升职了。但是,自从鸿瀚在年会做主持人并升职之后,那几个新同事就时不时给他下绊子。不是在他准备见客户的时候,"不小心"把滚烫的咖啡洒在他白色衬衣上,就是在他即将做完策划方案,突然"误拔"了电源,还有人开始传言他私下里品行不佳,爆出各种"黑料",甚至升级到了人身攻击的层面。鸿瀚很纳闷,明明没有得罪和他一起入职的小伙伴，而且还时常热心地帮他们的忙，请他们吃东西，他们为什么要这么对自己呢？

面对鸿瀚的疑惑，我把自己的经历讲给他——经过这些年的不懈努力，总算写出了一点名堂，算是小有名气吧。可是在本地所谓的文化圈子里，却鲜有真心为我鼓掌的，要么是嫌我风头太盛而心生嫉妒，要么是恶语诅咒我阴沟翻船，还有一些人极尽诋毁之能事，到处散播一些腌臜的谣言……这就是人性。如果你与他们理论，那就错了。当你站在错误的人群里，自己的价值也就消失不见了。罗素说过："乞丐并不会妒忌百万富翁，但是他肯定会妒忌收入更高的乞丐。"所以，我给他的建议是：别想着鹤立鸡群，而是果敢地离开那群鸡。

抖音里有一个小视频，说一个女孩的妈妈是个亿万富婆，在她十八岁成人礼的时候，妈妈神秘地送给她一块祖传的手表，然后让她拿到修表店问问可以卖多少钱。修表店的人说这表太旧了，只出30元。妈妈又让她去转角的咖啡厅问问，咖啡厅老板说表盘很精致，想做装饰，可以出300元。妈妈又让她去古董行问问，她开心地告诉妈妈，古董行的人说给23万元，而且还可以再商量。妈妈很淡定，说那你拿去博物馆再问一下，她回来后惊喜地告诉妈妈，馆长说可以出260万元购买这块表。妈妈意味深长地说："我只想让你知道，人和这块表是一样的，只有把自己放在对的地方，和对的人相处，才能产生真正的价值。如果把自己放在错误的位置和环境中，即使你再有价值，也值不了多少钱。"

　　古时有一座名山，山上尽是玉石，玉很珍贵，世人难得找到。可是当地人不知道他们眼前的石头就是贵重的玉石，从来都是把它们当成普通的石头，因为觉得没有用，总是拿来赶喜鹊。怀才不遇者，除了伯乐稀缺之外，更多的原因则是被埋没得太深。一块玉，如果常年混迹于一堆乱石之中，也会慢慢褪去光芒。

　　两千五百多年前，一个叫泰勒斯的古希腊男子，只顾抬头仰望星空观看星象，无暇顾及脚下的路，一脚踩空掉进了路边的坑里。因此，被他身边的一个女仆嘲笑，他只顾关注头顶遥远的星空，却对脚下近在咫尺的事情一无所知。

　　这个故事还有后半段，是柏拉图的学生亚里士多德讲的。据说，贫困的泰勒斯为了回击那些嘲笑，通过观察天体，他预见近期气候不宜橄榄生长，但这段时间不会持续太长。于是，他筹钱租下当地所有榨油机，然后在橄榄丰收的季节，高价租出去，从中获利颇丰。"赚钱对哲学家来说很容易，但他们兴趣不在此。"泰勒斯认为自己有更有意义的事情需要去做。

　　但哲学家的兴趣又岂是那些世俗之人能够体会得到的呢！

　　是鹤，就果敢地离开那群鸡。

向世界表达善意

向一朵花表达善意,只需你闭上眼睛,对着它嗅来嗅去;向一只鸟表达善意,只需你在冬天的雪地上,轻轻扫出一块空地,洒几粒粮食。

向一匹马表达善意,只需你放下鞭子,任由它自由自在,在风中奔跑;向一只狗表达善意,只需你看出它的寒冷,为它垫上温暖的棉絮。

向春天表达善意,只需你写下一首诗,或感恩,或赞叹的一首诗,是你为春天献上的玫瑰;向秋天表达善意,只需你怀念一棵树,曾经枝繁叶茂、栖满鸟声的树,像你秋天里的某些亲人。

向黑夜表达善意,只需你放掉刚刚捉到的萤火虫;向黎明表达善意,只需你早早起床,去看看太阳的分娩。

向一本书表达善意,只需你洗净双手,轻轻翻动;向一幅画表达善意,只需你擦亮双眸,认真欣赏它。

向一朵云表达善意，只需你蓄满柔情；向一捧雪表达善意，只需你摊开掌心。

向眼睛表达善意，只需你学会凝视；向耳朵表达善意，只需你学会倾听。

向音乐表达善意，只需你不要喧哗吵闹；向诗歌表达善意，只需你不要冷嘲热讽。

向一个用生命演绎生命的演员表达善意，只需你的一滴眼泪；向一个跑龙套的小丑表达善意，只需你一个真诚的微笑。

向孩子表达善意，只需给他们一个可以踢球和放风筝的地方；向老人表达善意，只需你递过去一根拐杖。

向农民表达善意，只需你拣起掉落在桌子上的饭粒；向工人表达善意，只需你爱护他们建好的建筑。

向老师表达善意，不需你送他礼物，只需你用心去计算、大声去朗读；向医生表达善意，不需你送他红包，只需你重新健康地、自由自在地呼吸。

向交警表达善意，只需你关心红绿灯和斑马线；向爱车表达善意，只需你好好保养它。

向月亮表达善意，只需你抬头仰望；向故乡表达善意，只需你低头思念。

向蓝天表达善意，只需你少制造一些浓烟；向大海表达善意，只需你少扔一块垃圾。

向一支笔表达善意，只需你写出规规矩矩的字；向一面镜子表达善意，只需你做一个正大光明的人。

向世界表达善意，不需你抛头颅洒热血，不需你忍严寒受酷暑。

向世界表达善意，只需你坚持到底，把爱心的火把一直传递下去。

第二辑

为一朵花披上袈裟

有牧云者，用诗意的仰望，放牧云朵；有牧雨人，用童真的手指，指点江山……更有牧心的人，随心所欲，顺其自然，缓慢地生活，缓慢地思考，胸无城府，却又藏着千山万壑。

一匹马的灵魂

那是一个伤痕累累，但干净、解脱了的灵魂。

那是用死亡换来自由的灵魂，那是用死亡卸掉枷锁的灵魂。

它在黑夜里向我奔来。

那个夜晚没有太多的光亮，我借着桌子上微弱的灯光，看到了这匹马。

它在文字里，又在文字之外，它的奔跑溅起了一室的书香。

这匹马一直在我的夜里游荡，有时跃向窗帘，有时攀上雪白的墙壁，有时在我的床上奔腾，有时在天花板上悠闲地散步。我从不怀疑自己触摸到了马的灵魂，它是柔软的，像可以裹缚石子的蚌那温暖的胸膛；它是包容的，像被风沙抽打却依然按时发出新绿、按时撒下落叶的树；它是友善的，你伸出的手，它会用整颗心去迎候，你递过去的诅咒、谩骂，它会连着草料一同咀嚼，慢慢地咽下。

没有更多的食物可以咀嚼，它只好通过回忆来反刍。

这匹跑得最快的马，不仅抛弃了自己的同伴，而且失去了自己的身体。

是影子追着它，还是它赶着影子？是宿命控制它，还是它逃不开宿命？

那个夜晚，我听到了一匹遍体鳞伤的马在嘶鸣。那本不属于它的马鞍、缰绳，硬生生地将它束缚。在刑具的束缚下，它过早地品尝着生命的衰败。

它的倒下没有声响，只有长长的如释重负般的叹息。

那是托尔斯泰小说中的马，一匹花斑马，它曾经是一名骠骑兵的坐骑，它把自己最美好的年华奉献给了主人，可冷酷的主人毫不珍惜，花斑马在常年的积劳成疾下被毁掉了健康。后来，花斑马被一次次转卖，每个新主人都对它变本加厉地折磨……花斑马走到了自己生命的尽头，"屠夫在它喉咙里弄着什么，它感到了痛，接着就有一股液体像泉水流到它的脖子和胸口，它最后吁了一口气，觉得整个生命的负担也减轻了……"

托尔斯泰的文字触到了花斑马的心灵世界，在它的身上，我们看到了人类中某些相似的形象。

通过托尔斯泰的眼睛和文字，我触摸到了马的灵魂。整个夜晚流淌着清澈的水，使我感觉到那灵魂的凉意。

一匹马，一簇滚动的火焰。

月光照在马背上，那匹忧郁的马、空前沉默的马，将在今夜重新启程，我知道它将驮我去往何方，尽管我已隐隐感觉到了自己的挣扎。

英国作家托马斯·哈代有一次到矿井，发现黑暗的井下竟喂养了一些专门运煤的马，按照这些马的个头，那上下矿井的罐笼是无论如何也装不下它们的，而且所有的这些驮马，眼睛都是瞎的。与矿工们交谈后，他才知道，原来这些驮马都是在出生后不久就被塞进罐笼运到井下，它们在永不见天日的矿井中长大，它们无休无止地运煤，直到有一天倒下，然后，变成坑道角落里的累累白骨……

一匹马，在一个我没有睡着的夜里，火一样燃烧起来；一匹马，在一个我没有睡着的夜里，火一样熄灭。

还有那些失明的在黑暗中默默行走的马，那是一些注定要背负苦难的灵魂。

我再也无法歌唱，这像丝绸一样忧郁的夜，终于彻彻底底地封住了我的喉咙。

闻一闻父亲的味道

我有一位生性懒散的同事，因为平时工作清闲，他每天到单位点个卯，然后就溜出去打打麻将、喝喝小酒，每日里逍遥自在地过活。

可是这几天，这位仁兄不知怎么了，突然开悟了一般，不但按时上下班，还捧着一本《唐诗三百首》摇头晃脑地背个不停。问其原因，竟然是因为他上初中的女儿在背诵《兰亭序》的时候，正好他会那么几句，就脱口背了出来。女儿则大声地惊呼："老爸，原来你还是蛮有味道的嘛！"

一直以来，在女儿心目中，他都是庸庸碌碌的一个人，"就为了女儿的这一句夸赞，我兴奋了好久。"他有些不好意思地说。

从那以后，他不再打麻将，不再喝小酒，所有的时间都用来背古诗文。现在，他已经能把《唐诗三百首》背得滚瓜烂熟了，下一步,他还准备背整本的《诗经》呢!

他说:"我不能让女儿觉得我是个庸俗的爸爸,我得做个有味道的爸爸。"

孩子上高中了,按理说已经不用接送了,可是接孩子的人还是络绎不绝,校门口黑压压一片。

每天晚上9点,我都准时去接孩子。在接孩子的队伍中,有一个男人总会引起我的注意,大概是因为他的长相吧。他的个子大概1.6米左右,肚子却不小。看上去他应该是某个单位的小领导吧,应酬或许多一些,几乎每天都能感觉到他喝了酒。可是他从来没有耽误过接孩子,只要我在那,就能看见他,时间长了,彼此熟络,也就时不时地交谈几句。

有一天,他喝得实在有些多,东摇西晃的,站都有些站不稳,我开玩笑说,你这状态接孩子,是你保护孩子啊,还是让孩子保护你啊。他笑了笑说:"不管咋样,只要能让孩子看到我就行。"

他还不无得意地说:"俺那孩子都习惯了,知道他爸爸身上就是这个味儿。"

中考的时候,许多家长都守候在校门口。尽管他们看不到孩子,可是仍然固执地站在炎炎烈日下,以为这样就能给孩子鼓劲加油。我也是其中之一。

我看到一个家长，从孩子进入考场到考试结束，整个人没有消停过，不是碎嘴子般地和别人说这说那，就是一趟趟地往超市跑。想起孩子爱吃什么，就跑去买什么。早上来的时候，他带着冰镇的矿泉水，可是到了中午就不冰了，他就跑到超市里去换一瓶冰的。他的袋子里满装着各种零食，真不知道他的孩子到底长了多大的胃。光是营养快线，他就买了5种不同味道的。"不知道她喜欢哪一种味道的，我干脆都买了回来，让她自己选吧。"

尽管我极其看不惯这种宠溺孩子的家长，但他对女儿的爱还是让我有些吃惊，那5种味道的营养快线其实只有一种味道——父亲的味道。

从考场出来，我和女儿走在回家的路上，路过一个工地，跑过来一个民工。他一边擦拭着额头的汗水，一边向我女儿打听考试的情况。

"今年的试题难不难啊？作文是什么题目啊……"他接二连三地问，问得很仔细。

女儿一边回答，一边好奇地问他："为什么问这些呢？"

他说他的孩子也是今天考试，可是他要干活，没有时间陪他。"关键也是不好意思，你看我穿成这样，站在校门口，不是给孩子丢人吗？"他谦卑地微低着头说，"看你多好，有这么体面的爸爸陪你考试。"

工地上有人喊他回去干活，他向我们道了谢，急匆匆地跑回去。空气中留下咸咸的汗水的味道——父亲的味道。

过年的时候,父亲不小心在雪地上滑倒,扭伤了脚踝。往常的年夜饭,总是少不了父亲做的那道最拿手的美味咖喱鱼,那也是我们最爱吃的一道菜。今年父亲无法再为我们做了,看到我们失望的脸色,父亲说:"这还不好办,我怎么说,你们怎么做。"

于是,父亲现场指导我们做起了美味咖喱鱼,什么样的火候,放什么样的调料,我们照着父亲说的步骤仔仔细细地去做。鱼端上桌的时候,父亲尝了一口,点点头,向我们竖了竖大拇指,说:"简直一模一样!"

可是我们吃着,却总觉得差了那么一点点味道,不是忘记了放哪种调料,而是我们知道,那里面少了父亲的味道。

闻一闻父亲的味道,梦是香甜的,人生也是香甜的。

蜗牛爬在去年的脚印里

蜗牛很慢,好像爬在去年的脚印里。

蜗牛很慢,可是并不影响它的快乐。它是个贪婪的家伙,遇见美景,就忘我地看上一阵,用触角在空气中写几行诗,以表达自己的赞美。

很慢,这有什么不好吗?熬过一个冬天,春天的第一朵小花开了;母亲十月怀胎,一朝分娩;十年寒窗苦读,终换来金榜题名;黑暗中的蛹,默默等待破茧成蝶……慢一点,挺好。

我想到自己的青春时光,有一次,与恋人发生争执,想到了分手。我写了信,给她寄过去。过了两天,我后悔了,急忙坐火车去看她。信还在路上,以蜗牛一样的速度前进着,我却已经先来到她的身边。看吧,慢,拯救了一场爱情。

那时候卖劲地写信、痴痴地等信,都是很美的事情。我们懂得哪种叠信纸的方法代表思念、心心相印或暗恋。写信和等信都带有复杂的情绪，绝不是鼠标和键盘能带来的。

诗人周公度说:"秋天很美，很美。旅途有一点点儿，旧信封才知道的疲惫。"

旧信封的疲惫，只有云知道。我感受到的，只有旧信封的美。

看过一个故事，有一个人在上帝的安排下，牵着一只蜗牛去散步，蜗牛慢吞吞的爬行速度让他心烦意乱、焦躁不安。他因此心生厌烦，一路上不停地数落着蜗牛。但走着走着，看着路上的美景，他竟然忘了心中的不快，更忘了对蜗牛的抱怨。当他心里彻底平静下来的时候，他闻到了沁人心脾的花香，听到了久违的虫鸣鸟叫，看见了满天灿烂的星河。这时他顿然醒悟，原来上帝不是让他牵着蜗牛去散步，而是安排蜗牛牵着他去看人世间最美的风景。

现今人们的旅游更重视目的地，而忽略了旅途与过程，实在是一大憾事。其实，过程更美。可惜很多人视而不见，要么歪在车上打瞌睡、听歌曲、看视频;要么发发呆，看两眼窗外呼啸而过的树。

到了目的地，很多人也只是以拍照的方式证明自己来过此处，与"张三到此一游"并无二致。

真正的旅游是没有目的地的，没有目的地，一颗心才能在蓝天上自由荡悠，才能在水云间自由穿梭。

最美的旅游，是牧心。比如此刻，我在旅途中慢慢地走，用深沉的衣服收集雨水，用欢快的帽子储藏阳光。

席慕蓉在观察水缸里的荷叶时发现，"要出水面到某一个高度才肯打开的叶子才能多吸收阳光，才是好叶子。那些在很小的时候就打开了的叶子，实在令人心疼。颜色原来是嫩绿的，在低矮的角落得不到阳光的命运之下，终于逐渐变得苍黄。细细弱弱的根株和叶片，与另外那些长得高大健壮粗厚肥润的叶子相较，像是侏儒又像是浮萍，甚至还不如浮萍的青翠。"席慕蓉领悟到，"太早的炫耀、太急切的追求，虽然可以在眼前给我们一种陶醉的幻境，但是，没有根柢的陶醉毕竟也只能是短促的幻境而已。"

慢下来，是对匆匆流逝的美和爱的一种敬礼，也是一种拯救。我用一下午的时间，等待着寒山寺的晚钟；我整夜坐在门前，等待夜来香的开放；我把母亲的唠叨，以慢两倍的速度在脑海中一遍遍回放。

有牧云者，用诗意的仰望，放牧云朵；有牧雨人，用童真的手指，指点江山，指向哪里，雨便下到哪里，万物葱茏，山河璀璨；更有牧心的人，随心所欲，顺其自然，缓慢地生活，缓慢地思考，胸无城府，却又藏着千山万壑。

一只瓢虫的愿望

小满,小得即满。这是一个节气,这一天,我看到所有小心翼翼活着的人唇角上扬,无一例外地带着小小的满足。

小满,每个人置身其中,又置身事外,贪婪与满足仅仅是一窗之隔。美食家蔡澜教人做五香花生时,这样强调:"记得只拿一小碟上桌,等客人吃不够再要时,再拿出一小碟……两碟为限度,不管客人如何再三要求,都不能心软。"小满小满,多少人口口声声说着小得即满,可在美食面前,还是不顾吃相地张开了饕餮巨口。

顾城说,钱或者权势不能改变一只小虫子前行的方向。一只小虫子,哪怕你把它放到金山上,它还是向着自己想去的方向爬。这样看来,一只小虫子反而比一些大人物更令人肃然起敬。比如七星瓢虫,身上有七颗星,每一颗都可以许一个愿望。可是它并不贪心,只许了三个愿望:墙有余温,寒冷不至;人生安稳,切莫"翻车";窗子敞开,人间没有敌意。在夜里,它看到了夜空的北斗。它就很满足,骄傲地想:天上,还有一个兄弟在发光发亮。

一只瓢虫,背负星辰,在人世间,偶尔飞翔,偶尔爬行。我的后背无痣,但星辰在心。我想学着它的样子,飞不动的时候,就走;走不动的时候,就飞。

有专家说,能让人远离忧郁情绪的九大食品,深海鱼排在第一位。深海鱼富含Omeg-3脂肪酸,能让身体分泌出更多带来快乐情绪的血清素。九大食品中,排在深海鱼之后的是香蕉、全麦面包、菠菜、大蒜,都是非常普通的食品,价格低廉。香蕉具有丰富的色胺酸和维生素B6,帮助我们的大脑制造血清素;全麦面包因含有大量碳水化合物而成为抗忧郁食物;在所有绿色蔬菜中,菠菜的每单位叶酸含量最高……

香蕉是水果、菠菜是蔬菜、全麦面包是主食,大自然面面俱到,而且营养领域分布均匀。你看,生活不需要人参,不需要熊掌,不需要山珍海味,不需要奢侈,幸福的成本并不高,人人都享受得了。

老朋友在小县城开了间小餐馆。周末我去帮了两天忙,店小二一般唱菜名端盘子,并不觉得累,反而感觉挺美妙的。和这些食客打交道也蛮好的,有时候客人少了,我还可以坐下来陪爱喝小酒聊天的客人聊聊天,也能从他们那里获得一些写作的灵感。来吃饭的各色人等有开车途经这里的司机,有假期回家的学生,有大腹便便的商人，也有带着小孩子的年轻夫妇。走进餐馆前，每个人都有截然不同的经历，每个人都不一样，但是当他们安然坐下，慢慢用餐时，都是一样的：他们是平凡、知足且怀揣热爱的人，脸上写满了微小的爱、满足和幸福。我建议朋友播放一些轻音乐，若有若无的，不影响他们谈话，又能渲染一下温馨的氛围。我感觉他们进入这个小餐馆，就像进了澡堂，脱下了遮挡的外套，脱下了成功或失败，脱下了光彩和不堪，将自己的心放在一碟食物中，自我端详和享用，品味一段消闲的时光。

有一位股市的大户告诉林清玄，他在股市只要一个早上就可以赚一千万元。林清玄说："一个早上赚一千万元看起来很多，总有一天你会发现一千万元买不到一个早上。"这话如同暮鼓晨钟，使人为之警醒，悟得妙境。只要你按时到达目的地，很少有人在乎你开的是什么品牌的汽车。

所以，我也学着那只瓢虫，许下并不奢侈的愿望——愿这尘世的水与火永不相遇；愿走出去多少双脚，就回来多少双脚；愿每一次出海的船都能避开风暴。愿你，带着好天气上路；愿爱遇见爱，美好遇见美好；愿我们每一天都能端起小小的碗，盛着小小的满足和小小的爱。

为一朵花披上袈裟

夏天的末尾，花朵们将演出推向了高潮。莺歌燕舞，月影凝香，一朵一朵虚荣的花儿，簇拥出一座花园的繁闹。它们义无反顾、赴汤蹈火，全身心都燃烧起来，毫无节制。秋天随后就来了，一朵领头的花儿落下来。落下来的花儿，紧接着带走了其余那些不情愿的花儿。

绽放的时候，争先恐后，凋落的时候，退避三舍。落英缤纷，一地残骸，是每一年都在重复的剧情。遂了四季的愿吧，可是花朵说"不"，它们总是叹息，嫌花期太短。

欲望和虚荣就像那些喜欢攀比的花儿一样，倘若沾染，"瘾"难除。

一日，一位高僧路过一片花田，那里生长着大片大片的鲜花，一朵一朵争着怒放，比着向外吐着芬芳。见此美景，高僧却摇摇头，不肯往前一步。

一朵修行已久的花儿见此，不禁有些疑惑，幻化出人形翩然落于高僧面前。

　　"你疾步来此，不是为了此地的景致吗？景致就在眼前，缘何又停止不前？"

　　"远观足矣。"

　　"不近些怕是闻不到最浓烈的花香呢。"

　　"如果没有风将花香吹散，浓烈的花香囿于一处，时间久了，便和粪臭无异。"

　　"你这和尚好生无礼，竟用如此秽语来形容我等。"花仙子显然发怒了。高僧却并不理会，接着问道：

　　"你认为自己最美丽的时候是何时？"

　　"当然是开得最艳丽的时候。"

　　"不，就像女人掩口一笑时最美，花开一半才是最美。"

　　说罢，高僧脱下袈裟，披到花仙子身上，"只为着你自己，开一次吧。"袈裟蒙住了她的眼睛，使她看不到其他的花儿怒放的盛景。

　　许久之后，她再次睁开眼睛的时候，其他的花儿都已枯萎凋零，唯有她，依旧灿烂如初。

　　她顿有所悟，欲望太过热烈，开得越鲜艳，衰败得越猝然。

　　人和那些花儿一样，免不了受着欲望和虚荣的蛊惑。

　　人是奇怪的。这个世界越是生满了红，铺满了绿，就越会觉得孤独，越会觉得忧愁。

人往往是因为爬得太高，才让自己的脚下变成了深渊。可是很少有人不往高处走，人的心认定，只要有路，可以一直走到天上。

三毛写过一首诗：

> 我不吃油腻的食物，我不吃饱，这使我的身体清洁；
> 我不做不可及的梦，这使我睡眠安恬；
> 我不住豪华的居所，这使我衣食无忧；
> 我不穿高跟鞋，这使我的步子更加悠闲；
> 我不跟时装流行，这使我的衣着永远长新……

三毛仿佛就是那朵因披了袈裟而开悟的花儿，不张扬，不炫耀，只为自己的心绽放自己的美丽。

听到这样的话，我想为杂草丛生的内心"剃一次光头"。我想摒弃繁华，在内心聚敛芬芳。

"如何使一滴水永不干涸？"

"让它归入大海。"

"如何使一颗心永恒？"

"让它皈依自然。"

一支钢笔的幸福

女儿放学回来，忧心忡忡地跟我说，他们班级里一个品学兼优的学生赵雪可能要辍学了。

"哎，她学习比我好多了，人也好，我们都很喜欢她，怎么会这样！"女儿不停地叹着气，为她感到惋惜。

女儿对我说，赵雪的父母两年前就离了婚，她跟着父亲过。父亲下岗在家，染上赌瘾，把家底输空了，欠下一屁股债，还整天喝得醉醺醺的，喝多了就哭天抢地，满世界地忏悔。她说她下学期的学费还没有着落，她说她不想念书了，她要出去打工替父亲还赌债。

"但愿她能打消那个念头。"女儿喃喃低语，作为最要好的朋友，她希望赵雪的明天能够柳暗花明。

事与愿违。第二天，女儿担忧的事情果然出现了。

赵雪没来上学，托人捎了纸条给老师，说："老师，对不起！辜负了您的期望，没能在您的关爱里开花。"老师有些哽咽，她不想看到，一朵花的凋零。

作为最要好的朋友，赵雪在一个傍晚来到我的家里，和女儿告别。

看着她哭得红肿的眼睛，女儿一时无措，不知道该怎样安慰。

她把她的钢笔送给了女儿，强挤着笑脸开玩笑说，这是一支可怜的钢笔，跟着她连墨水都不能吃饱，总是饿着肚子。"就让它跟着你吧，跟着你，钢笔也幸福了。"

钢笔的幸福，大概就是不让它饿着，不停地给它灌满墨水，让它写出干干净净的字来吧。

女儿怔怔地愣在那里，她忘不掉那个哭泣着跑掉的背影。

女儿把那支钢笔握在手里，感觉沉甸甸的。她打开作业本，准备用它来做作业，才知道它的"肚子"被洗得干干净净的。她挤了一下，有干净的水珠滴落下来，洇了洁白的纸，仿佛泪水。

女儿赶紧把它吸满墨水，她只想用浓墨重彩掩藏它的眼泪。

女儿将那支钢笔收藏起来，她想赵雪总有一天会重新回到教室里来，她要把它还给赵雪。

女儿开始了她的"救援计划"。她先是发动所有的同学，一起帮赵雪"打工"，说是打工，不外乎就是帮父母做些家务，在家长那里讨些零用钱。积少成多，同学们很快凑齐了赵雪下学期的学费。紧接着，女儿带着同学们到了赵雪的家，像一帮小干部慰问群众似的,和老赵大谈利害关系,老赵支支吾吾地表示,保证让赵雪回到学校去。

老师也没闲着,帮赵雪的父亲找了一份工作,替他交了风险抵押金。

"你可要好好干啊,不然我的押金就拿不回来了。"老师说。"嗯嗯嗯。"老赵搓着手,激动得不知所措,只是一个劲儿地躬身道谢。

轮到我们了。这种事,女儿是断然不会放过我这个"慈善家"的。果然,她那天变得格外乖巧,把家里收拾得井井有条,还破天荒地为我和她妈妈煲了粥。太阳打西边出来了吧!我早就看穿了她这点小把戏,就等她接着表演呢。

"爸爸,你说赵雪怎么样?"

"什么怎么样,挺好的孩子啊。"

"我是说,人家没少帮助我,每次有不会的题什么的,都是她教我。"

"嗯,是啊。"我打着哈哈,故意不上她的套。

"可是她现在有难处了,咱能不能……"

我接了个电话,借故走掉了。看着她的窘态,心里窃笑。

夜里,我和妻子商量着怎样资助那个孩子。

总不能眼看着那么出色的孩子就这样被耽误了,妻子说:"不如我们每个月拿出100块,为那个孩子建个小基金吧。自私点说,那孩子将来肯定差不了,咱也能得到回报呢!"精明的妻子想得还挺远,管他呢,先解决了眼前的事情再说。

我们把这个喜讯告诉了女儿,女儿高兴得眼里含满了泪水。她喃喃地说:"我还以为你们不肯帮她呢。"

钢笔饿了,就得给它灌墨水啊!我们和女儿会意地笑了起来。

赵雪终于回到了课堂。开家长会的时候,赵雪的父亲红着脸,当着全班师生和所有家长的面,郑重地承诺,无论如何,再也不会让孩子辍学了。接着又开始了他的忏悔,只是这一次,他没有喝酒。

女儿把灌满了墨水的钢笔还给赵雪,悄悄告诉她,她的钢笔不会再饿了,她的钢笔一定会很幸福、很幸福。

随遇

"路过哪里,就爱哪里。"这是一个长辈对我说的,现在,我对女儿也这样说。

路过高档会所,也路过民工的板房;路过沧桑的古槐,也路过年轻的樟松;路过笔直的白杨,也路过弯腰的绿柳;路过寺庙和僧侣,也路过广场和歌星;路过晴朗,也路过阴霾;路过卑微,也路过伟大;路过喧嚣的麻雀,也路过独处的鹰……

卖冰糕的老人,摊子越铺越大。此刻,他开着冷藏车穿街走巷,把清凉洒向小镇。一个小乞丐,盯着他的冰糕,吧嗒吧嗒嘴,目光被冻住了。他递给小乞丐一块儿小小的冰糕——"天太热,解解暑吧。"我惊讶于此。他卖了几十年冰糕,无数次钻进冷藏库,如同北极村的原住民。可是他全身上下,竟然没有一丁点儿僵硬的地方。

路过一个冷清的店面,店员无所事事地倚在门口,看两只流浪猫打架。

路过一个废弃的工厂,更夫在深夜里不时地出来巡视,好像在看守那轮月亮。

路过一个有名的饭馆,厨师蹲在后厨的后门边,搓了搓手,点了一支烟。顺手从兜里掏出一张照片,美滋滋地看,他在想着即将到来的婚礼。

高仓健说:"我认为,默默地拼命走自己道路的人,要比滔滔不绝讲大道理的人优美得多。笑、怒、幸福、不幸,都是在和别人相处中发生的事情。经常遇到各种不同的人,生活才不感觉寂寞。我想,人生也就是这样。"

路过千万风景,才有万千气象。

每一次路过种有向日葵的地边,都要停一停,从向日葵那里,给自己补充一点向上之力。只要有一颗向上的心,就不用担心自己是否在原地打转。

路过一家书屋,一个老伯拄着拐杖推开玻璃门,他寻的书,是博尔赫斯的最后一部诗集《密谋》。

路过动物园,围栏里的豹子看似温顺,不再闪现危险的眸光,但若是围栏坏掉,它依然是可怕的猎手。

路过祖母的墓地,看到墓地的左侧长了一棵樱桃树,结了很多樱桃。有的樱桃熟透了,开始掉落。一颗直接滚落到祖母的坟头,我仿佛看到,祖母张嘴含住了它。吃掉果肉,把核吐往另一边。第二年,墓地的右侧,也长出了一棵樱桃树。

路过草原，路过一个与众不同的牧羊人，他不停地鞭打着他的羊，提醒着它们——不要只顾着低头吃草，偶尔也要抬头看云。其实他忘记了，低头吃草是羊的事，抬头看云是他的事。各不相扰，方能各得其妙。

你看这满目缤纷，你走那么急干吗？你还要到哪里去？哪里还比得上这眼前的繁华？即便偶尔走错了路也无妨，最起码你看到了别人没有看到的、不一样的风景。而让生活美好起来的诀窍，恰恰就在于发现很多小小的喜悦。

迷路的时候，就给街边唱歌的孩子一点掌声和一些小钱；给上坡的人力三轮车助上一臂之力；向陌生人借个火，点上一支烟，聊上几句，顺便问问下一个路口，朝哪儿转。

热了，阔叶作扇。冷了，絮雪当棉。能宽恕的，就宽恕。不能宽恕的，就忘记。

《儒林外史》有这样一段——

> 冤枉的坐了半日，日色已经西斜，只见两个挑粪桶的挑了两担空桶，歇在山上。这一个拍那一个肩头道："兄弟，今日的货已经卖完了！我和你到永宁泉吃一壶水，回来再到雨花台看看落照！"杜慎卿笑道："真乃菜佣酒保，都有六朝烟水气。一点也不差！"

杜慎卿觉得这是地域文化的影响，那两个挑粪桶的人才有如此闲情逸致，就像如今有些所谓的"慢城市"，似乎在这些城市生活的人个个都是悠哉游哉的。我觉得不是，再"慢"的城市，闲不下来的人肯定还是占大多数。而《儒林外史》中的这两位老兄，即使到了现在的北京，也会在辛苦工作后买杯珍珠奶茶犒劳一下自己。

入乡随俗，为随遇之一种；因地制宜，为随遇之一种；既来之则安之，为随遇之一种；见风使舵之徒为人所不齿，但也可以算得上"随遇"之一种。据说，当年的神医扁鹊，到周土畿，见周人重视老人，就专治老人病；到赵国，见赵人看重妇人，就做起了妇科医生；到秦国，见秦人重视儿童，就又成了儿科大夫。这亦是"随遇"的标准案例。

"蓬生麻中，不扶自直；白沙在涅，与之俱黑。"此乃劝诫人要远邪辟而近中正，但从另一个角度来说，亦可算是另一种意义上的"随遇"。

我们看一部电影，或者一部小说，很多时候没多久就能轻而易举猜到结局，主人公的命运清晰可判。可是，面对自己的未来时却总是举棋不定。我想，"路过哪里，就爱哪里"，这八个字将会给你足够的启悟。路过人间，你看到的盛景将会是——鸟儿展翅，蜗牛爬行，树在结果，花在绽放，人与人在相爱。

本该如此

　　我问米粒儿:"月亮为什么有时候缺,有时候圆?"米粒儿说:"它本来就该是那样子的啊!"对啊,月有阴晴圆缺,人有生老病死,这是万物的轨迹。小如一颗露珠,大如洪荒宇宙,万物皆有归宿。

　　我指着乞丐的讨钱筒,问:"这个多少钱?"乞丐有些发懵,他不清楚我是在问那讨钱筒里面讨了多少钱,还是在问这个讨钱筒的价格。我与他确定了我的意思——我想买他的讨钱筒。我买它作何用呢?我自己也不知道,我内心漂浮着一个想法,我觉得把他的讨钱筒买走,就买走了他悲惨的境遇,从此,他就可以不再乞讨。可是,这得要多少价格才合适呢?万一这乞丐狮子大开口,我是给还是不给?若是因为犹豫不决而被剥掉虚伪善人的面具,岂不尴尬?但事实证明,我的担心是多余的。他打量着我,问:"看你斯斯文文的,文化人吧?"我点点头:"您看得准,耍笔杆子的。"他便提高了嗓门,说道:"那就对了嘛!你说,让你把你的笔杆子卖了,你舍得不?"

文人有文人的样子,乞丐有乞丐的样子,各不相扰。

《无问西东》里,陈鹏给远方的爱人寄了一个盒子,里面是满满的银杏叶。我仿佛又看见他俩在清华园里手牵手奔跑,身边又响起他深夜的表白:"你别怕,我就是那个给你托底的人,我会跟你一起往下掉,不管你掉得有多深,我都会在下面给你托着。我什么都不怕,就怕你掉的时候把我推开。"

有人为你托底,爱是深渊又有何妨!这算是爱的壮举吧,可是在陈鹏看来,一个男人的爱,本来就该是这个样子。

三妹夫喜欢置办农机具,这"恶习"由来已久,之所以称之为"恶习",是因为他的不切实际——家里就那么两垧地,根本用不着这么多铁家伙,可他就是喜欢。一有新型的农机具上市,心就痒痒得不行。辛辛苦苦一年到头挣点儿钱,又一股脑地换了个铁家伙回来,害得春耕的时候家里四处借钱买种子、化肥,不然连地都种不上。气得三妹直跺脚,甚至有两次为此要和他离婚。他害怕了,表示要"痛改前非",可是每次看到别人家又置办了新的农机具,眼里又冒出光来。我们知道,这小子又动心了。赶紧劝三妹把钱看得紧些,让他心痒也没辙。可是万万没想到,没过几天,这执拗的"牛人"愣是把崭新的铁家伙又买了回来,竟然是贷款买的,他软磨硬泡地找了好几个人担保,弄得我们哭笑不得。

面对我们的不理解,他只是憨憨地笑,说:"我是农民,不置办这,还能置办个啥?"在他看来,他所有的农具就像作家的书、钢琴家的钢琴、书法家的毛笔,并无二致。看着满满一院子一应俱全的农具,他点燃一支烟,眯缝着眼咧着嘴笑。他如此满足,他觉得他的幸福,本该如此。

院子里有个沙坑,那是孩子们最喜欢的地方,可是一只野猫也相中了那个地方,总喜欢在里面拉屎。孩子们玩着玩着,就会翻出几粒猫屎来。孩子们气坏了,非要找到这只野猫不可,他们做了一只网,守在那个沙坑边上。果然,野猫被他们逮到了,可是它脏兮兮的,样子又难看,没有人愿意养。孩子们只好把它关在一个笼子里,任其自生自灭。晚上,野猫饿得惨叫,声音听起来很瘆人。第二天,野猫不见了,笼子旁边残留着一些火腿肠的肠衣,不知道野猫被谁偷偷放走了。

我们谈论着这是哪个有爱心的人放的呢,没有人站出来承认。过了很久,米粒儿才说起这件事,野猫是她放的,她说,这有啥大不了的啊,她只是觉得小猫咪太可怜了,不该被关在笼子里。

米粒儿安安静静地做了一件善事,在我看来,这就是非常了不起的优雅。

诗人灯灯写道:"我不清澈,我洗手。我耳朵失聪,我听经。"

一切,本该如此。

飞过宴会厅的麻雀

人过中年,越来越不喜动,喜欢就那么坐着,一边思考,一边打盹。比如此刻,我静坐在那里,一动不动。其实,我正骑着一匹马,向着我梦里的光的城堡疾驰。

当你睡下,光就不存在了吗?错,光一直在,只是你没有去看它罢了。况且还有梦,那里有更多的光涌出来。

我梦见一面墙,长出很多舌头,贪婪地吸吮着附在墙上的阳光,但它再贪婪也没有办法把阳光全部吸干。阳光生生不息,隔着一个夜晚,必将再次来临。

我梦见一棵树,它投下了巨大的树荫。而那些浓荫,正在被无数搬家的蚂蚁合力搬走。看,它们需要阳光的时候,会迸发出多么强大的力量!

而我们呢?多少人喜欢活在壳里,这样就不会再受到伤害了吗?恰恰相反,伤害你的是你自己——你若是哀伤的蛋,就只能孵出忧郁的小鸟。

多少人被黑暗涂抹着,面目全非。其实,只要我们肯在内心再挖深一毫米,总会找到一点磷,把生活擦亮。

再漆黑的老屋也会被日光叫醒。可是,如果那窗子久久不开,而且挡着厚厚的窗帘,那么,阳光也无能为力。这就需要你做一个晴朗的人,勤奋工作,努力爱人。一个晴朗的人,不是说他的心头没有乌云,也不是说他没有暴怒的闪电雷霆,而是说他活得通透,懂得爱与取舍。一个晴朗的人,不论阴天雨天,内心都能长出几片追逐阳光的叶子。

甘心平凡,但不甘心黯淡无光。即便自己不发光,有光的时候,要懂得承接、积聚和扩散。你可以不具备制造光亮的能力,但请务必保有一颗接纳光亮的心。如此,便是晴朗的人。

纳博科夫说:"摇篮在深渊上方摇着,而常识告诉我们,我们的生存只不过是两个永恒的黑暗之间瞬息即逝的一线光明。"比起纳博科夫,圣比德的说法更明朗些:"人生就像一只飞过宴会厅的麻雀,从黑暗中来,又没入黑暗,其间只有光明的一刻,而那一刻的光明,就是我们必须抓住的。"认真生活,在活着的光阴里,找到被人生偷藏起来的糖果,以及那一束有甜味的光。这人生啊,顺流而下和逆流而上,都可以活得很精彩。竭力对抗过严冬的双手,才能捧起春天最美的花朵。

每个人都有属于自己的精神小镇,在那里,我们可以设置自己喜欢的东西。比如风车,比如玫瑰园,比如图书馆,以及图书馆的巨幕上一定要投放的纳博科夫对俄罗斯文学那一段形象的论述——他当着学生的面,把教室里所有的窗帘都拉上,屋子里漆黑一片。他打开一盏台灯,氤氲的光线射在讲台上,他说这是陀思妥耶夫斯基;他接着打开屋里所有的日光灯,他说这是普希金;最后,他拉开所有的窗帘,阳光灌满了屋子,他说,这是列夫·托尔斯泰。

皆为照亮黑暗,可台灯、日光灯和阳光的效果对比鲜明。这当然是为了表明托尔斯泰的伟大,但我更觉得这是对托尔斯泰作品普适价值和救世意义的阐释,托尔斯泰的"照亮",与鲁迅的"唤醒",殊途同归。

我想,真正的写作者应该一直在寻找打开自己的那把钥匙。然后从善中提取恶,把它掐灭;从恶中提取善,将其点亮。

也应该是这样的——陌生人过得好,他的痛就减了十分之七。引导读者认真生活,抓住生活里那些亮色,并将它们发扬光大。

怀有晴朗之心,面对着纳博科夫以及尼采口中的深渊,都不必惶惑。在我看来,那不过是弯曲过多的向下的曲线而已。只要有光的穿针引线,深渊亦可通向世外桃源。

人世并无太多改变,阴暗处照旧阴暗,明亮处依然明亮。可是一个小孩子改变了这一切,他站在明亮的中心,手拿一面镜子,就把阴暗的地方照得亮亮堂堂了。看,一个小孩子戳破了一个多么简单的道理——阴暗不可怕,只要你肯舍得挪过来一点光,就能击败它。

有理想的蜗牛

一个男人坐在轮椅上,微笑地看着一个七八岁的男孩子,一次次将皮球踢向一面墙,有两次偏了许多,直接踢到了他的轮椅。男人并不恼,始终微笑着,对那个小男孩说:"叔叔以前可是个不错的足球运动员哦。"

"那你以后还会踢球吗?"

"不能了,因为叔叔的腿坏掉了。"

"哦,叔叔真可怜。"

"叔叔不可怜,叔叔还有别的理想呢,比如,可以坐在轮椅上打篮球啊!"

"那我们明天一起去篮球场吧!"

"好,拉钩。"

……

诗人敬丹樱写过:"有理想的蜗牛,举着一盏灯笼花,沿着南瓜藤慢慢爬。"她觉得她自己就是那只蜗牛，很慢很慢，但是有灯笼花，就足以让她充满信心。

这个坐在轮椅里的男人，也举着一盏灯笼花。

谁说有了理想就必须奔跑？多少人急匆匆地走，遍寻成功的捷径。可是你知道吗？这世上能登上金字塔塔尖儿的，一个是鹰，另一个就是蜗牛啊。

诗人何晓坤说过一件事：一诗友，年近知天命，写诗二十余载。父母妻儿、同事亲友竟无一人知晓，直至近期，一地方公众号平台推出他在外刊发的诗歌作品，众人方惊愕，原来他会写诗！原来他是诗人！这位诗友则是一脸羞愧，仿佛被人发现"不务正业"，抑或做了什么见不得光的事，头渐低垂，傻笑而过。

这憨憨的人，亦像极了一只蜗牛。有理想的蜗牛，就如同有着美丽翅膀的蝴蝶，在缓慢地飞。

被欲望驱赶着，多少人疲于奔波在路上。一个朋友忘记了自己QQ的密码，申请找回密码，申请时有一个问题：你的梦想是什么？这么多年过去了，他早已不记得答案是什么了。就随便填了金钱、房子、车子……答案都是错误的。他说，他丢掉的不是密码，而是当初的梦想。

作家王跃文说："人就好比爬行在苹果树上的一只蜗牛，它爬的那个枝丫上是不是最后有个苹果在那里等着它，其实早就定了的，只是它无法知道。我们就像一只蜗牛，在不遗余力地爬呀爬，总以为前面有一个大苹果在等着我们，可说不定等着我们的是一个空枝丫。最令人无奈的是这枝丫上有没有苹果,不在于我们爬行得快还是慢,也不在于我们爬行的步态是不是好看,而是早就注定了。"

正因为前方未知,才要爬过去看看,一步一步地爬,就是一只蜗牛的理想吧。

我们每个人何尝不是一只小小的蜗牛。这个世界没有多少命运的宠儿,命运从来不曾对任何人温柔,没有人会为你的未来买单。也许我们会像蜗牛负重前行却没有结果,但还是不能放弃呀。梦想再大也不算大,追梦的人再小也不算小。天空黑暗到一定程度,星辰就会熠熠生辉。

殡仪馆外的一条路上,一个患了癌症的人正在满头大汗地晨跑,他只是想离这个地方远一点,再远一点。这就是他的理想。

小人物也有小人物的理想,那理想就是让自己安心过好每一天,从每一天的阳光里吸收一点维生素,再从每一天的汗水里提炼出几粒盐。过日子就是吃饭,就是要一粒米一粒米地慢慢品味,你若囫囵吞枣,是吃不出味道来的。

太太的理想是厨艺精进。我家的厨房在十六楼的阳台,太太做晚饭的时候,正是黄昏时分。落日西沉,从这个角度看上去,太太仿佛把硕大浑圆的落日放进了大马勺里,颠得它七上八下,愈来愈红,渐渐入了味儿。太太不喜欢她炒菜的时候有人在旁边打扰,可当她刚刚把菜放进大马勺的时候,就忍不住向我们喊着:"吃饭啦!"我们的幸福不仅仅来自饭菜的美味可口,还包括她炒菜的姿势。

凡是我触碰过的，皆没有无关痛痒的事物，哪怕是刮过的胡子，哪怕是踩过的泥土。万物自有存在之理，草之于树，绿叶之于红花，云朵之于天空，皆为相互的映衬。

我细嚼慢咽，品味我触摸到的一切。闭上眼睛，听着一些舒缓的曲子，一段似水年华，一些不复的光阴，正娓娓道来，我无须控制自己的心，任由那音乐的湖水浸泡。音乐闪着温柔的光芒，摄人心魄、撩人情思，那温柔来得迅疾，让你无从躲闪；那悲伤来得猛烈，让你来不及捂住那些陈年的伤口。当我为稿纸上的睡莲画上最后一片花瓣的时候，我知道，这寂静的夜是我的，这来自心灵的声音是我的，再没有人能将它夺走。我与它渐渐融为一体，像一根干干净净的蜡烛，流着泪水不停地散发着光芒。

此刻，谁也无法阻止这音乐之水的流动，它预言着所有渴望的必然来临，所有告别的必然重逢。

有理想的蜗牛，用它的触须顶着这音乐，缓慢地向我爬来。

忧伤的质量

忧伤也可以有质量吗?

我想是的。多少美妙的诗和歌都弥漫着忧伤的味道,让我们痴迷不已。把忧伤变成诗,把忧伤变成歌,这都是有质量的忧伤。

而那些沉沦和下坠,都是没有质量的忧伤。

有的忧伤是蒙蒙细雨,淋着每个人,但我们都知道,这雨终究会停,终究会有一道彩虹横空出世,把你和新生活连接起来。这就是有质量的忧伤。

有质量的忧伤,不光带给你美感,更重要的是不会带你坠落到深渊。它应该像一盏茶,虽然散发着伤感的味道,但绝不让人沉沦,只是那么静静地与时光对峙,这何尝不是另一种意义上的抚慰?

人们善饮忧伤,不是为了最后让人解脱的醉,而是那忧伤里，浮着沁人心脾的茶香，那不是沉沦，而是拯救。

我想到川端康成的忧伤，那是不可一世的忧伤，令人心碎到骨子里的忧伤。但因为他最后是自尽身亡，所以，我说他的忧伤是没有质量的。

川端康成的忧伤，有时候表现在他的沉默上。三岛由纪夫曾写到川端康成的沉默：跟他面对面时"被默默地、死死地盯着，胆小的人都会一个劲擦冷汗"。三岛由纪夫说，有个刚上班的年轻女编辑初次访问川端康成，运气很好或者说运气很坏，因为没有其他来客。但川端康成在半个多小时内用他那充满妖气的大眼睛一言不发地盯着对方，女编辑终于精神崩溃，"哇"地伏身大哭。

那张苍白的有些颓废的脸上，镶嵌着一双极度渴望探究人性的眼，那双眼睛是贪婪的，甚至让人觉得它有偷窥的欲望。

川端康成执着于对"美"的追求，自然抒写之哀美、女性抒写之悲美、死亡抒写之幻美，构筑成了一个近乎苛刻的唯美文学世界，而最终的殉美而亡，便是对此的最佳诠释。

如果我的灵魂能与川端康成相遇，我只想问他，他那临终的眼里看到了什么，世界的哪一部分还在绽放，哪一部分在慢慢熄灭。

我想，有一点是肯定的，那就是，在那即将关紧眼帘的刹那，永恒的美还在缓缓流淌……

但也仅此而已。我不会与他过多寒暄，我回转过身，捻了二两质量上好的忧伤，我要带着，去岁月里浅斟低唱。

我把忧伤看成一种气质。它可以是一种悲天悯人的情怀，可以是对生命的一种敬畏，可以是永无止境地对美的追寻。

阿多尼斯在一首诗中写过：

"但愿我有雪杉的根系，我的脸在忧伤的树皮后面栖息。"

他看出了一棵树的忧伤，那么，他必然也是忧伤的，只是，这忧伤是绿色的、有营养的，他和树的灵魂激励着彼此。所以，他才可以把忧伤豢养在他"孤独的花园"里，有节制地生长着。

一个朋友，年纪轻轻就已经是特级教师了。可是有一天，他忽然辞了职，去一个乡村支教。所有人都不解，她说，因为有一天，她看到了那个乡村的照片，照片上的天空，蓝得让人沉迷，还有那蓝天下孩子们的眼睛，那些忧伤得有些绝望的眼神，让她动容。

她说，她要走进那些忧伤里，她要把那些忧伤里绝望的灰都变成渴望的光。

她只不过是遵从了自己的心而已。

她的拯救，让那一大片忧伤变得有了质量。

她在给我的来信中，特意关照了我忧伤的特质——

"你看起来那样忧伤，在绚烂的阳光里这多么不合时宜……你可以忧伤，但不能一滑到底……"

虚构的祖母

我的祖母已去世多年,无论多少次梦到她,似乎她都不肯迈回门槛半步。记得她曾经说过,逝去的人不可回返,哪怕是梦里。不吉利。

可我想她,很想。只好虚构她还活着。

我蘸着泪水擦拭她的相框,希望可以为她续上呼吸,让她的微笑在轮回里生生不息。

记忆里,祖母总是用一个特定动作将一些散乱的柴火捆扎好,码放在厨房一边。就仿佛把旧日子一捆捆地绑起来,堆放在记忆的墙角,等待一把火将它们付之一炬。

另一个动作,就是她挥舞着一把大扫帚,把院子里的尘埃都清扫干净。祖母爱干净,偶有风来,她会高兴地说,风也是可以帮她把院子吹干净的。

夏天的蜘蛛疯狂地编织捕虫的网,祖母却总是热衷于捣毁那些网,毫不留情地用扫帚捅掉。有一次,我看见一张蛛网上面挂着雨滴,忽然有些心疼,觉得蜘蛛这种执着的精神让人感动。和祖母说起这些,她没应声,但那以后便很少再捣毁了。

一把年纪的祖母,始终操心着季节的变换。夏天,她会对农田里忙碌的儿子说:"冬天快点来吧,那样你也好猫猫冬,歇一歇了。"而冬天到来,她又会一边给我的手抹冻疮膏,一边说:"该死的冬天快点过去吧,看把俺孙儿冻成啥样了……"

早年间祖母说过的那些话,像一盏风铃挂在屋檐下,日日摇曳,夜夜叮咛。

祖母喜爱莲子,常在熬粥时放几颗,也不抠掉莲心,说吃点苦可以让味觉变得敏感,对食物更有热情。所以,每到秋天,都能看到她去荷花池采摘莲蓬。

一朵莲蓬上,每一颗清苦的莲子都独居一室。莲心是苦的,却在谢落一身芳华、再没有了窈窕身姿之后,将独有的香气传递给世间凡人。我唯心地认为,莲子之所以不腐,并非坚硬,而是因它的慈悲。

这一切,都像极了我的祖母。

初秋的街头,卖莲蓬的人带来了一塘的荷香,在城市的街道上,融入最寻常的烟火里。祖母用心挑选着,像在找寻失落于前世的自己。

此刻,我虚构祖母还活着,仍疼爱着我们。虚构的祖母行走在我的文字里,我小心地措辞,生怕哪个不恰当的语句把她绊倒。

我愿这尘世的沧桑，永远不爬上她的额头；愿那风一直吹着，让灰尘永不落地；愿她那双剥着莲蓬的手，能透着一丝丝的香甜的气息。

祖母总担心我们凉着，便缝制些小垫子，让我们垫在椅子上面。领她去集市，不规范的小摊货满一地，上了年纪的老太太，仍能灵活地绕开。祖母害怕钟表，总说那里面住着怪物。她是不是因为自己已经衰老得摇摇晃晃，才在内心排斥那座老迈的挂钟里，无情的指针仍在一圈圈地行走呢？

去世之前，祖母曾经走丢过一次。派出所的民警说，老太太一个劲儿重复说着两个数字：4和23。他们像破译摩斯密码一样，按照当地的身份证编码输入这两个数字，通过筛选和比对，最后锁定了我的父亲——祖母还记得自己孩子的生日。在一切都停滞、冷却之后，唯有那颗爱子的心永远不变地温热着。

我虚构祖母仍活在世间，活在我的身边，深夜里埋头写作时，还会被她唠叨：熬夜伤身体，快去睡觉。我乖乖听着，如同一个孩子。

晚安，我亲爱的祖母。

第三辑 安顿灵魂的月光

不要给一颗心裏上坚硬的外壳,不要给它套上牢笼,要空空荡荡,要荒芜,要试着在今天从心开始,刀耕火种。

爱之寻

母亲这一生，似乎已习惯了寻找。尤其是老了以后，记忆力衰退，忘记的东西越来越多，寻找的东西也就越来越多，钥匙、老花镜、顶针……随手放在哪里，回个头就忘了，周而复始的寻找，成了母亲每天做不完的功课。

小时候，母亲总是做好饭后开始寻找，寻找我们回家吃饭。因为她的嗓门不够响亮，不像左邻张大妈声如洪钟响彻云霄，也不像右舍李阿姨京韵十足绕梁三日。在我印象里，母亲很少大声说过话，所以她不喊，只是寻找。她大致知道我们玩耍的地方，所以，每次都可以很顺利地找到我们。

可是也有例外，因为我顽劣，有次故意和母亲"藏猫猫"，让她找不到我，她只好一声高过一声地唤我，直到我的耳膜受不了，才跑出来扑进她的怀里。她嗔怪我，照我的屁股打几下，却一点都不疼，反而有些痒。不过，我还是看到了母亲额头的汗水,感受到了她的焦急,所以,也就不再故意藏起来了。

放学的时候,如果赶上下雨天,我总是不去躲避,故意把自己淋湿。快到家门口的时候,如果雨点小,我还会在雨里多待一会儿,只为了母亲带着雨伞跑出来寻我,回家后心疼地帮我换衣服,帮我擦头发,把我抱在怀里为我驱寒。然后顾不得自己浑身已湿透,又跑出去,并叮嘱我:"在家好好待着,我去寻你姐姐,她也没有带伞呢!"

找完姐姐,还有哥哥。母亲心心念念,一遍遍寻找,就因为我们是她的骨肉!

母亲事无巨细,为我们操碎了心。

有一次我要出一趟远差,母亲当成天大的事一般,不一会儿就惊呼一声"对了",然后就小跑着去了附近的店铺,买了东西回来就往我的包里塞。不一会儿又跑出去了,直到把包塞得满满的,可还是觉得缺少什么似的。车子马上要开了,她又惊呼了一声"对了",我说:"妈,够了,啥都不缺了,包都要'爆炸'啦。"她还是小跑着去了,很快回来。她竟然为我买了一块带指南针的手表,她说我总是爱迷路,带着这块手表,总会有些用处的。

母亲算好时间,我那边刚一下车,电话就打过来了。问我旅途是否顺利,问我是否迷路,问我指南针是否派上了用场……让我哭笑不得。

我知道,有母亲在,一颗心就永远不会迷路。即便真的迷路了，天涯海角，母亲也会把我寻回来！

从小到大，一直都是母亲在寻我们，可是有一天，母亲忽然失踪了，换成了我们去寻找她。母亲患有间歇性失忆症，她会在某个时间忽然就什么都不记得了。她失踪后，把我们急坏了，我们满大街去找也没找到，没办法，只好去派出所求助。到了派出所，正好看到母亲坐在椅子上，焦急地向外张望。原来是遇到好心人了，没办法问出来母亲的住址，只好送到了派出所。

我们不禁埋怨起母亲来，明知道自己有间歇性失忆症，还自己一个人乱跑。恢复记忆的母亲像个犯了错的孩子，不停地搓着手，喃喃地说："我只是想去买点儿荞麦，知道你们今天要回来，想给你们做荞麦蒸饺。"

我们一时无语，母亲无时无刻想的不是我们啊。

周末回到母亲身边，早上起床，我的袜子又习惯性地"单飞"了，我也习惯性地喊着："妈，帮我把袜子拿来。"喊完之后我才猛然想起，母亲的眼睛已经看不见任何东西了。我赶紧从卧室跑出来，却看见母亲正跪在客厅的地板上，双手一点点向沙发下探着，满地摸索着，想找到我那只淘气的袜子。

每次别离，母亲都会在门前送我，一直送到我拐了弯儿看不见为止。每一次，我都不回头，也不和她招手，我知道，那样她的心会更难过，每一次别离都让母亲的心闪了一下。母亲不是闪电，闪电不会弯不会旧，不会枯萎不会生锈，可是母亲，闪一下就衰老一截。

现在，母亲的眼睛什么都看不见了，可是每次离开，母亲还是坚持在门口看着我走。她就那么扶着门框，寻着我远去的方向，好像能看见我一样。其实，她寻到的只是一个越来越小的影子。

这一次，我却不停地回头。我和她招手，惊讶地发现，母亲竟然也在同时向我挥着手，好像和她的儿子有感应一样！

有爱，天涯不远，有爱，寒冬尚暖。寻找，只是母爱的一个小小注解，是母亲情深似海的爱里的一朵浪花，是母亲寸草春晖的爱里的一绺根须。但就是这一个小小注解，解开了爱的千古之谜；就是这一朵浪花，泄露了大海的情深意长；就是这一绺根须，缠绕着我们一生，让我们的心，一寸一寸，生出缠绕的根。

戴帽子的蝴蝶

据爱德蒙·怀特的《马塞尔·普鲁斯特》所言,普鲁斯特的创作只是在"翻译"自己的生活。具体是如何"翻译"的,诗人严彬通过一首诗,为我们做了解释:

一些事物在我们面前并不特别,
普通人不会在人群中发现一帧动人画面。
艺术家的能力就在于此,
他们常常并不创造什么,
只是翻译这个世界,
从现成的事物中轻轻摘那一小片,
放到我们面前——就像魔术——
请看好了,这就是风,就是梓树林。
它是天然的,现在为你所见,

又完全属于那位深色眼睛的摄影师。

这样,我们看到的生活才具有多面性和艺术性,这多好。我们要翻译自己的生活,魔术师一样,每一张笑脸、每一滴眼泪,都要被铭记和称颂,这才是我们需要呈现的人生。

有一次和朋友聊天,她谈起自己收到的第一封"情书",那是刚刚上小学5年级的时候,同班小男孩塞给她的小纸条。现在想起来,她都不知道他写的是什么,因为上面都是一些数字,而她也无心破译这些"密码",直接把它交给了老师。老师自然批评了那个小男孩一顿,后来,小男孩转学去了别的学校,此生再也无缘得见。想起这些,她就有些后悔自己当时的行为。一个小男孩战战兢兢把一封精心写好的"情书"塞给自己喜欢的小女孩,尽管有些"过家家"的戏码,但那总归是一颗纯洁的爱心啊,况且,那些数字,他是经过了多少次反复编译与校正,才精心匹配好的啊。

日本作家夏目漱石当年在学校当英语老师的时候,给学生出了一篇短文翻译,文中男女主角在月下散步时男主角说了一句"I love you",有学生直译成"我爱你"。夏目漱石说,日本人是不会这样说的,应当更婉转含蓄,译为"今晚月色真美"就足够了。跟喜欢的人在一起,所以月色很美。

暂且不辩论这个故事的真伪以及英语翻译成日文的偏差之类的问题,就单单看这句话。当你和喜欢的人走在月光下,这世界仿佛小得只能装下你们两个人的心。你侧头看看旁边的她，再抬头看一下天上的月亮，不自觉地说一句"今晚月色真美"。这一句话就够了。和喜欢的人一起散步，美的不是月亮，而是人、是和她在一起的美好感觉。就像顾城说的那样："草在结它的种子，风在摇它的叶子，我们站着，不说话，就十分美好。"读来一切尽在不言中。

　　一天早上，我给米粒儿讲勃朗特三姐妹的故事，三姐妹的代表作《简·爱》与《呼啸山庄》她倒是很快记住了，可是安妮·勃朗特的长篇小说《艾格妮丝·格雷》，她却总是记不住。我想到一个办法，我们把它拆分一下：爱上阁楼玩泥巴的小斯，玩儿得很出格，被雷劈到了。

　　她很快就记住了，也记住了这样的另类"翻译"法。有一次，教小米粒儿"耄耋"两个字，小米粒儿觉得很难记住，就对我说："爸爸，我来拆分一下吧，戴帽子的蝴蝶，咋样？"

　　"戴帽子的蝴蝶"，这一下就惊艳到了我，让我就如同马雅可夫斯基在火车上听到有人说"穿裤子的云"一样兴奋异常。看吧，生活是需要翻译的，有时候，换一种心境去翻译当下，真的会令人耳目一新。

　　石头是最朴素的玉，眼泪是最小的湖泊，秋天树上的柿子是世间最甜的灯笼……这世间的一切比喻，不都是由此及彼的翻译吗？我要尝试着轻轻地去生活里摘一小片片段，然后看着它们缓慢蠕动，生出翅膀，翩然飞舞。

半步善良

生活中，你有没有过这种体验，比如你在距离垃圾箱半步之内，看到垃圾，你会顺手捡起来扔进去。但是，假如10米之外有垃圾，你还会捡起来，然后走回来扔进垃圾箱吗？大多数人不会那样做，因为已经不顺手了，仅仅10米远，就增加了一点点"善良的难度"。

我把这种在举手之劳范围内的善良叫做半步善良。

很多人的善良都局限于举手之劳，这种举手之劳对自己几乎没有任何损失，但一件善事如果动了自己的奶酪，有些人可能就不会去做了。

有些人的善意停留在自己的私心范围之内。

但是，即便是半步善良，也是很让人感佩的。早晨坐公交车去单位，或许是天气好的缘故，人特别多，挤得人都快没有站的地方了。前门上不来人了，司机就让他们从后门上来。后门上的人要通过很多人才能把零钱传递到前面的投币口。一个老人拿着一枚硬币,递给他前面的年轻女子,让她帮忙传一下。女子接过来,想了想,把硬币放进自己的包里,而后取出一张纸币递给前面的人。她说,人太多了,她担心硬币不容易传,万一掉到地上,都没办法捡起来。

一对小夫妻闹着去离婚。他们出门叫了一辆出租车去民政局。在车上,两个人还是气呼呼的,谁都没有消气儿。司机有意劝一下,可是实在插不上嘴,他就播放了一首歌。

从两个人吵架的内容看,不外乎就是一点鸡毛蒜皮的小事儿,根本不至于闹到离婚的地步。司机摇摇头,把音量稍稍调大了一点儿。

他循环播放着一首歌,这首歌是他精心选的,写的是一个男人在妻子离开后,一个人带孩子的辛酸心事,声调悲戚,令人动容。不知道这对小夫妻是被歌曲感动了,还是吵累了,渐渐沉默下来。

司机的车子开得很慢,本来10分钟就能到的地方,他开了足足有20分钟还没到。

忽然,后面那位男士就开始道歉了,他说他知道错了,他说的都是气话,他根本就不想离婚。不一会儿,那女子也松了口——那就回家吧。

"得咧!"司机的良苦用心总算没有白费,他掉转车头,原路返回,送他们回家。下车的时候,男子非常感激司机放的这首歌,他说这首歌拯救了他们的爱情。他按照计价器上的钱付车费,司机却找回他一半,司机说自己故意绕了远路,就是想给他的"道歉"腾出一点儿时间。

某天晚上我逛超市,见到收银台边上有一袋打了价的米,是我家经常吃的米的品牌,问一旁的理货员:"有人要吗?""没有!"她叹息道,"打好了价,又不要了。"我说:"那我带着吧。"她感激地说:"谢谢你啊。"我本来没有打算买米,但家里的米也不多了,散称的大米有现成装好袋的,提着就能走,正好。无心做的一件事,竟获得了一个人的感谢。

我们不能奢求每个人都有圣人那样的悲悯情怀和胸襟,凡人的善良一样值得我们珍视。这样的半步善良是多多益善的。很小很小的善良,在人世间缓缓流动,也将是很美的一番景象。

不懂之刃

　　荷尔德林三十岁时,依然不得不作为一个贫穷的家庭教师和到处流浪的可怜虫,在别人家的饭桌上吃饭;像个大男孩一样,感谢母亲和祖母送来的手帕和袜子等必需品,而且还不得不忍受这两个失望的人温柔的、一年比一年更令人心痛的指责。他痛苦地听着这指责,绝望地对母亲叹道:"真希望您能让我安静一会儿。"但是他不得不一再叩响那扇在这充满敌意的世界上唯一对他敞开的门,并一再向她们发誓:"你们要对我有耐心。"最后,他终于伤痕累累、筋疲力尽地倒在了门槛上。

　　母亲伤心至极,如果可以换回来他的命,她宁愿一辈子做个哑巴。她真的不懂他单纯又深邃的心啊!而这世间,能懂他的人,也寥寥无几。

　　法国著名作家罗曼·加里作为一个正直的作家,以笔为武器,一直无情揭露与深刻剖析自己所处社会的弊病和痼疾。但战后的社会状况与曾经作为战斗者的作家所期待的局面相距甚远。社会矛盾空前激化,他深感自己的笔挽救不了社会,渐生弃世之心,在他六十六岁的时候选择自杀身亡。但是关于他的死,有很多其他的猜测,有人说他是玩腻了,他的人生可谓是精彩纷呈,出了几十本书享誉世界,两次获龚古尔文学奖;当飞行员参加过战争;当过外交家;当过导演拍电影;和爱人环游世界……这些经历一个普通人恐怕几辈子才能做到,他六十六岁前都做到了,他的人生哲学恐怕这世界上没几个人能通晓。可能他真是觉得人生没什么动力了,也就想告别了。

也有人认为,他用化名再一次获得龚古尔文学奖后,内心一直不安,真相一旦暴露,不理解罗曼·加里初衷的广大读者可能会误解他欺世盗名,对龚古尔奖的10位德高望重的评委的自尊心也会造成伤害。随着时间推移,这种心理负担愈来愈重,要让社会明白自己的本意,让崇尚名气的陋风收敛,似乎只有一死最见诚意。

而对于罗曼·加里真正的死因,我们与其说是不知晓,不如说是不懂。

一只猴子看到河里的一条鱼正在漩涡里挣扎,就把这条鱼从水里捞出来,放到岸上。这是猴子的好意,但是对鱼有什么好处呢?

有位九十多岁的老人,每天都从我的家门前走过几趟,我体会到了时光在他身上的漫长。他每次坐在墙根下晒太阳时,我都看得到他的微笑，不是苦笑，不是生硬的笑，是淡定而温厚的、迷人的笑。我不懂，一个即将走到生命尽头的人，如何能笑得如此从容。

米粒儿做事缓慢，总是磨磨蹭蹭的，一点儿痛快劲儿都没有，常常惹得我们发火。比如早晨，我急着上班，她急着上学，妻子一边做早餐一边给她准备衣物，还要给她梳头，常常手忙脚乱。可是她总是没个着急的样子，照样慢悠悠地洗脸、刷牙和吃饭。为此，她没少挨我们的训斥。

那天放学，碰到米粒儿的老师，聊了几句。老师和我说，米粒儿有一个最大的优点，那就是不管多大的事情，她都能做到云淡风轻。这种淡定从容的心态，在未来的路上一定会对她有特别大的帮助。

啊？那不是我们一直想让她尽力改正的缺点吗？

约翰·列侬五岁时，妈妈告诉他，人生的关键在于快乐。上学后，人们问他长大了要做什么，他写下"快乐"。人们告诉他，他理解错了题目，他告诉人们，是他们理解错了人生。

多少人的不懂，如刀刃，把人生切割得支离破碎。

人生，说白了是自己一个人的一生，让自己快乐，让自己的心灵得到妥帖的照顾，就是最好的一生。

安顿灵魂的月光

曾经和一个朋友聊起过这样一个话题：读一些纯文学作品的意义是什么？

朋友的话我很赞同，他说是为了安顿自己。

他说，时下里资讯丰富，纯文学作品被挤到角落里苟延残喘。人们习惯了快餐文学、花边新闻，肚皮饱了，眼睛亮了，灵魂却饿着。

现在的人，太需要用一些东西来安顿自己，比如读一首诗、听一段曲、鉴一幅画、品一杯茶……

安顿自己，就是给灵魂沏一壶上好的龙井，慢慢地滋养，使之得以安然自在。

对于握在手里的东西，我们总是太急于将它捣碎，塞进陶罐里。以为这样才是拥有，以为这样才是牢固、永久。世人总是喜欢红，迫不及待地要跨过绿，殊不知，红了之后，叶子会很快和枝丫挥手，会很快枯落，人生便会出现了飘零和诀别。

杨绛先生说过："一个人不想攀高就不怕下跌，也不用倾轧排挤，可以保其天真，成其自然，潜心一志完成自己能做的事。"是啊，耸入云霄的大厦是一块砖、一块砖垒出来的。

不要给一颗心里上坚硬的外壳，不要给它套上牢笼，要空空荡荡，要荒芜，要试着在今天从心开始，刀耕火种。

阎连科写《楼道》，一个退休的局长家门前再无各种豪华礼盒，一下子变得寂寥而空荡，他便偷偷把别人家门前的茅台酒箱之类的东西搬到自己家门前来，"像摘来许多钻石镶在了自家门前般"。那身体虽然退了休，灵魂还没有安顿下来。

常常在深夜看见酒醉的人，哼着忧伤的歌儿，趔趄着，扶着月光。他们买了最昂贵的醉，却依然无法，安顿灵魂。

最和美的夫妻，应该是天亮时相视一笑，临睡前互道晚安。而晚安，我更愿意解释为天色已晚，请安顿身心。

我喜欢旅行。不是逃避，不是放松心情，更不是炫耀，而是为了洗一洗身体和灵魂，给自己换一种眼光，甚至一种生活方式，给生命增加多一种可能性的枝杈。记得有人说过：旅行最大的好处，不是能见到多少人，见过多美的风景，而是走着走着，在一个际遇下，突然重新认识了自己。

一叶孤舟，一抹夕阳，一支撑杆，一曲渔歌，一江暖水，一世人间。此情此景，如此美丽，叫人不得不感慨，看到这样的景色，此生足矣。

真正的美景，不是让你尖叫，而是让你平静。生命中需要更多的美，让我们的灵魂平静。

周国平说："老天给了每个人一条命、一颗心，把命照看好，把心安顿好，人生即是圆满。"

我不是诗人，我只是在帮那些寒冷的字絮一个暖暖的窝。

我不是诗人，我只是在帮那些流浪的字找一个安静的家。

我要安顿那些字，安顿流浪的脚印，安顿灵魂的月光。

就这样，晚安！

八岁的蓝

　　他经常喝醉酒,妻子一忍再忍,最后实在忍不下去,和他离了婚。半年后,他们唯一的孩子因车祸而死。他们两个又重新在一起。他们做过同样的梦,梦里,孩子总是对他们说,一家人,要在一起。

　　孩子死的时候,刚刚过完八岁的生日。那一天,天空很蓝,是八岁的蓝。

　　八岁的孩子,许下了八岁的愿望——一家人,要在一起。

　　那愿望是蓝色的,没有一丝污染,不带一点功利。

　　带女儿去热闹的集市,她东张西望,脑袋瓜像拨浪鼓一样转来转去,新奇的事物总是让她应接不暇。可是当她遇到心仪的气球,眼睛便不再移动了,小小的她,从那时开始,便学会了忽略和取舍。

八岁的眼睛里,有更多的蓝。

愿所有的花朵,都能抱着露珠安眠,又在露珠的提醒下,醒来。

抱着露珠的花朵,如同抱着最小的海。哪怕是蚂蚁的触须,都会引发一次小小的海啸。又好像是小心翼翼的母亲,怀抱着婴儿,生怕一不小心,就蒸发掉了。

露珠的蓝,是八岁的蓝。

春天我许下愿望,秋天,却忘了还愿。太过顺遂的人,总是容易忘了初心。于是,我有些不情愿地踏入那清静之地,像一块石头,在秋天的寺庙前打盹儿。

寺里的小僧一再告诫,佛前不许拍照。却依然有人偷偷按下快门。拍了佛,就是把佛请进家门了吗?与佛合个影,就会得到他的庇佑了吗?

我还是把八岁的祝愿送给你吧——愿你心中的乌云,被吹到九霄之外。

孩子说,远处的炊烟有点怪,没有像往常一样,飘向很远的地方。

不是所有的翅膀都梦想着飞向远方,比如鸽子,就像这炊烟一样,永远围着自己的屋檐,盘旋、打转。

为什么鸽子飞不远呢？孩子接着问。

前世的鸽子，飞得太远，忘记了回家的路线。这一世，它们就不再往远处飞了，只安心守着屋檐，把家的方位，记得牢牢的。

鸽子的白，把天空衬托得更蓝了。

我期盼遇到一个，喜欢天空和大海的、蓝色的美好的人，并引为知音。在某个黄昏，备好粗茶淡饭，和我的花一起，坐在门口等他。在心里对他说，你一定要来，不可辜负一颗望向你的心。

等待里，有蓝色的光焰，引着人，在不同的季节奔波而来。

我想起一个关于前世的梦，作为一尾鱼，我的母亲告诉我，如果有一天，走丢了，要懂得顺着蓝色的地方，自己游回来。

老岳父又跑到后山开了一块地，说是要种土豆。他待不住，他说一闲下来，就能感觉自己老了，可他偏偏是不服老的。作为一个农民，他脾气暴躁，喜欢骂娘，但他从来没有骂过脚下的土地，从来没有骂过那头耕牛，也没有骂过一粒粮食。

他骂娘，却又总是忍不住忏悔，他说，对着那么蓝的天，说脏话总是不好的。

小时候，总想把蓝色的月亮摘下来，藏在自己家的院子里，只有最亲近的人，和最要好的伙伴，我才拿出来与他们分享。

那是我小小的时光里，最美的蓝。

水渠边，一只好看的蓝蜻蜓，不飞、不动，走近看，发现它死掉了，眼睛闭着，翅膀还是那么漂亮。那年我八岁，我不明白，为何这么美好的事物，也会死去！

那天，我的忧伤也是蓝色的。

我无法逃离那片海水，那片忧郁的蓝色，笼罩着我，将我的一生捆缚。

松开白天的绳索，在夜晚张开梦的翅膀。梦，是蓝色的，能容得下一切，记忆、未来、草原和湖海。

梦，悄悄地，给我松了绑。

八岁那年，父亲把我举过头，我看到了蓝。八岁以后，他再也举不动我，那蓝，就一天天地黯淡下去。直到，我把自己的孩子举过头顶，那蓝才又重新回来。

不要惊动一只小翠鸟

　　这是一只快乐的小翠鸟，它让我感觉很惬意，犹如一颗小石子敲开心底沉默的海，我有多久没这样真正地微笑了。

　　当微笑都变成奢侈的时候，我不知道，这个世界还有什么可以称得上是财富。

　　闪闪发光的金子吗？它们看似温暖，笑容可掬，实则诡异无常，无法抵达冰凉的内心。

　　我的咖啡壶正襟危坐，药瓶倒在它的身边。这好像是某种暗示，记录着某一个夜晚的挣扎。

　　每个夜里，我都在抵抗睡意，我要写下对世界的感受，因为只有夜里的我才是有灵魂的。久而久之，睡意都被赶跑了，我开始失眠。

　　曾经，我就像一团火，却总是被扑灭，再燃起来，再被扑灭。仿佛也只有这样，自己才能够生存下去。我捂着伤口，常常在夜的阳台上望着前方粉饰高楼的霓虹,无论世界是怎么变成这样的,无论我内心的信念是否已完全坍塌,我们,谁都不能拒绝改变!

渐渐地,微笑于我有些遥不可及。生活,不是不爱你,只是我的爱,像我微弱的生命一样,它没有足够火热的感情!

直到这只小翠鸟的出现,令我拾起了丢失许久的微笑。不要惊动一只小翠鸟,这份宁静的小小的幸福和快乐,是多久都不曾到来的啊!它和一个人奋斗多年、积累起来的财富比起来,一点都不逊色。

这只小翠鸟,让我知道了我最终想要的是什么。它不过在我的院子里驻足了几秒钟,而我一整天都在想念它。这无声的语言,能绵延地传递多少生命与生命无意间的安慰。像那美在山巅或石畔,不一定全心为我们而开,不一定被我们亲手撷取,但它存在。

或许这就是为什么人们总会去爱——并不在于选择去爱会有何等意义,而是人们只有通过爱,才能享受自己生命中喷薄而出的热情,享受自己精神里那甜美的眷恋。

那些微弱的美、细小的幸福和快乐,就如同那只飞进我院子的小翠鸟,它东瞅瞅、西望望,如同一个初来乍到的小捣蛋鬼,马上要开始它的破坏行为。果不其然,它观察了一下四周,发现没有危险,便迅捷地飞到我的一盆正茁壮成长着的花上,难道它看到那花上面有昆虫吗?这鲁莽的家伙,似乎不管那些,啄着那些花的叶子，像是在复仇。

我本想打开窗子，把它轰走，去拯救我的那盆花儿，但我忽然停住了手。我想到席慕蓉的一篇散文《翠鸟》，她写了一只翠鸟意外地到了她的花园，啄食了她心爱的玫瑰花芽。可是结尾处她这样写道："原来在片刻之前还是我最珍惜的那几棵玫瑰花树，现在已经变得毫不重要了。只因为，嫩芽以后还能再生长，而这只小翠鸟也许一生中只会飞来我的庭园一次。"

所以，我也没有惊动在那几秒钟属于我的那只小翠鸟。

把光阴勾兑成酒

他是邻居们眼里的"酒仙",他喝酒从不把酒倒进杯子里,喜欢直接"对瓶吹"。喝到剩下半瓶的时候,就多了一个举动——每喝一口,都会闭上一只眼睛,用另一只眼睛看看瓶子里还剩下多少酒。如果剩得还够多,就大口灌,如果剩得少,就会马上变成小口抿。好像剩下的,是他后半生的时光一样。是啊,四十多岁的人了,剩下的时光,他怎么舍得,一饮而尽!

对于一个热爱生活的人来说,再贫苦的日子,也自是舍不得扔掉的吧。

他之所以不是我眼中的酒鬼的原因,是他从来不喝劣质的白酒,他是个懂得品味酒的人。没钱大不了就不喝,但只要攒够了买一瓶好酒的钱,他是断不会爱惜那钱的,因为他更爱美酒。

就为这,他的老婆带着孩子离开了他,他一个人,守着空荡荡的房子,常常会静坐发呆。他倒也自得其乐,因为喝酒再不受任何限制。

他喝酒的那副贪婪之相，自然就成了人们津津乐道的谈资。而我倒是颇为心仪他那副神态，那一刻，算是"人酒合一"了。所有烦恼都抛却脑后，独独留下微醉的弦。

在我看来，他虽然酒量惊人，但绝不是酗酒，他深得其中妙味。尽管他心中藏着那么多的苦：下岗、妻离、子散……下岗容易上岗难，一次次求职碰壁，让他吞咽无尽苦涩。对妻子的想、对孩子的念，也一次次让他的心里刮着风、飘着雪。

谁也不会想到，这能喝酒的本事竟然成了他谋生的手段。多次求职碰壁之后，终于有一次，他本想应聘到一家公司做保安，面试时无意间说到自己的"海量"，那家公司欣欣然录用了他，让他去做陪酒员。

他陪了三次酒，三次都把对方的人灌趴下了。他喝酒时酣畅淋漓、锋芒毕露，有喝尽长江黄河之势，那气质无坚不摧，视对方为无物。酒桌上最后没有倒下的那个人永远是他，大有一种"独孤求败"的傲然之气。

可也仅仅是这三次，他就辞职不干了。他说虽然喝的都是名酒，但喝着一点意思都没有，没有人情味，像喝水，越喝越冷。

很多人都说他傻，那么好的工作干啥辞了不干，每天好菜好酒，吃着喝着，天底下上哪里找那好事去。他只是笑笑，并不过多解释。

再找的一份工作还是和酒有关，白酒勾兑师。他是经过长时间的磨炼和对白酒的特殊兴趣才有了勾兑白酒的技术。一个酒厂高薪聘用了他，而他也没辜负期望，他勾兑出的白酒，味道极佳。那个酒厂产出的酒也渐渐在我们这里家喻户晓。

他也终于有了一个"大团圆"的结局，妻儿离家多年后重新回到他身边，这也算是对他这么多年来没有自暴自弃的回报吧。

他总是津津乐道于为我们介绍勾兑的艺术：

好酒与好酒勾兑不见得就是更好的酒，如果比例不当，不同酒的性质、气味不合，也可能使勾兑后的酒质量下降。而好酒与差酒相勾兑，勾兑后的酒也可以变成好酒。后味苦的酒，可以增加酒的陈酿味。后味涩的酒、有焦煳味的酒、有酒尾味的酒，以及有霉味、倒烧味、丢糟味的酒，只要以合适比例加以勾兑，反倒可以增加酒的香气。

用他的话说就是："好喝的酒都是由甜、酸、涩、苦各种味道的酒不停地勾兑出来的。"

想一想，日子不也是这样吗？不经历点儿痛的磨砺、苦的折磨，光是快乐和享受，自然也就没办法勾兑出你想要的好光阴来。

这世上，有多少人，能勇敢地面对自己光阴里的苦，把光阴勾兑成酒，肆无忌惮而又欢天喜地地喝掉？

老鹰不会像麻雀一样吵架

　　我感恩我的初中老师董恩红,她教英语,同时也是我们班的班主任。她从不歧视任何一个学生,对每个人都以微笑相迎,那慈母般的笑容总是会让她的课堂出奇地安静,大家都喜欢听她娓娓道来地讲课。这让其他学科的老师很是不解,他们不知道董老师用了什么魔法,可以让我们班的几个在全校出了名的调皮捣蛋的家伙安心听课,包括我。

　　董老师把我从后进生的队伍里拉了出来!我真的想为班级,想为她做一些事情。我有天早早地来到教室,拖地、擦桌子、擦黑板,把一切弄得干干净净的,让老师和同学们一进教室就有一个好心情。正当我满心兴奋地期待着老师和同学们的赞美的时候,突然听到后桌两个女生叽叽喳喳的。大意我听明白了,她们就是说我是个有心计的人,太善于表现自己了,这样讨好老师,指不定想得到什么好处呢!听到这些,我就像吃了苍蝇一样,又心堵又气愤,差一点儿就跳起来与她们理论。但我还是忍住了,一整天,心里都不痛快。

收完作业,送到董老师办公室的时候,我心里憋闷,一言不发,脸色很难看。这和昨天那个爱说爱笑的我完全不同,董老师问我怎么了,我支吾了半天,终于还是没忍住,便一五一十地和盘托出了。

董老师说:"做好事是让你自己心安,你只管去做好了,不要管别人怎么说。"

"可我心里就是不得劲儿。"我答道。

"你见过老鹰和麻雀吵架吗?"董老师问。我摇了摇头,不大明白董老师所言何意。董老师接着说:"老鹰是高飞的鸟,它的志向是在蓝天翱翔,而麻雀飞不高,只会聚在一起叽叽喳喳。所以,老鹰是没有时间和精力,也没有闲心去和麻雀吵架的。"我有些明白了,董老师是在通过比较老鹰和麻雀的不同告诫我,一个人应该专注自己的事,不要为外物所扰。

心无扰,身便轻盈,便可高飞。

黄永玉在怀念表叔沈从文的文章中写过一件事。有一个年轻人时常在晚上大模大样地找沈从文聊天,他很放肆,躺在床上两手垫着脑袋,双脚不脱鞋高搁在床架上。沈从文欠着上身,坐在一把烂椅里对着他,两个人一下说文物考古,一下说改造思想,重复又重复,直至深夜。那年轻人走的时候,头也不回,扬长而去。对于这种没有礼貌的年轻人,黄永玉很生气,觉得应该好好教训他。但沈从文摇手轻轻对黄永玉说:"他是来看我的,是真心来的。家教不好,心好!莫怪莫怪!"

这是何其宽阔的胸襟。

电影《除暴》里有一个片段:一个女孩想自杀,站在那很高的楼顶时犹豫了,她说:"同一个地方从三楼看下去,满地都是垃圾,从三十楼看下去就变得很好看了。"这就是一个人的视野问题。有些事,堵心堵肺的,你换个角度重新看,没准就血脉通畅了。

登高才能望远,心怀远方才能走得更远。当你立志想做一个成功的人,就得看开别人的诽谤、诋毁,甚至人身攻击,当你登上山顶的时候,这一切就都成了风、成了草,与你相伴的,便只有那高洁的云了。

"夏虫不可语冰,井蛙不可语海。"登高山,始知山之巍峨,临大海,才识海之浩瀚。作为一只老鹰,你尽管高飞,高天之上,极目望去,那些麻雀连影都不见了。

木头的耳朵

木耳，我愿意叫它木头的耳朵。湿淋淋的耳朵趴在湿漉漉的木头上，倾听着这个世界的欢喜悲忧。然后，这些小耳朵们被人采摘，被拿到市场上去贩卖。

刚买回来的木耳是干的、黑色的，外面有点灰色，像蒙着一层灰。看上去，它们有的像蝙蝠，有的像一把小刀，有的像伤口上揭下来的疤，形状千奇百怪的，闻着，有一种白醋的味道；摸起来是硬的，拿着很容易断。把干木耳放入水中，木耳的颜色由灰变黑，它们浮在水面上，表面布满了气泡。气泡消失后，它们就沉了下去，越涨越大，慢慢就变成了光滑的耳朵。一口下去，脆脆的，发出"吱"的声音，不容易嚼烂，但好吃。每吃一块，就像肠子被洗了一遍似的，是舒爽的。

肚子里吃进去那么多耳朵，那会不会听到更多的声音呢？赞美、诅咒或者谗言，我不知道，反正那会儿我听到了来自童年的声音。

小时候,我遇到一点点小事就会退缩,特别喜欢哭鼻子。我有一个发小,叫侯斌,他是我当时唯一的"死党",我们每天一起上学一起放学。因为姓氏的缘故,我总管他叫大师兄,他则管我叫二师弟,一个猴一个猪嘛。他的胆子大,若谁欺负我,他总会替我出头,还真有个大师兄的样子。虽说自己胆子小,但总懂得投桃报李吧。有一天我们没一起去上学,他迟到了,老师问他迟到的原因,他支支吾吾了半天,说家里老妈病了,他去买药,结果就迟到了。老师狐疑地问:"真的?"他点点头,为了证实自己所言非虚,他大声说:"二师弟可以为我作证。"同学们一阵哄堂大笑。老师自然知道他所说的二师弟就是我,就谐谑地问我:"二师弟,大师兄所言是否属实?"

作为可以两肋插刀的哥们,我自然责无旁贷。我学着老师的腔调答曰:"大师兄所言非虚,如假包换。"

"换什么换,给我去墙角站着!"老师脸色突变,忽然就发了飙!

原来,大师兄又馋又贪玩儿。有户人家的杏树上结了很多杏子,这小子眼馋很久了,看到人家的门上了锁,终于逮到机会,猴子般蹿上树,专挑大的吃了个够。这还不算,把书包也装了个满满当当,他就这样迟到了。碰巧老师骑车路过,瞥见了树上的这只馋猫。老师训斥着大师兄,吃了的也就吃了,书包里这些杏子必须给人家还回去,而且要真诚地道歉。大师兄捣蒜般点头,并心虚地看了我一眼。

我真为自己不值，帮他撒谎，被老师罚站了一节课，放学了也没让我回家。父亲去学校接我的时候，看到我在那里哭得"梨花带雨"的。父亲唯唯诺诺地和老师说了很多好听的话，并保证回家一定好好管教孩子。我的一颗心悬了一整天，不知道父亲会如何"管教"我。意外的是，平时一向严厉的父亲这一次却没有训斥我，而是让我和他一起去后园收木耳，没有提及学校的事情。

父亲让我看那些木头上的木耳，他说："看吧，这些木头都长了耳朵。它们听得见我们说的每一句话，而且，你说没说谎，它们也听得出来的。"

"真的吗？"我简直不敢相信。

父亲接着说："你还别不信，它们喜欢听真话，也喜欢看到人的笑脸，所以，你最好别当着它们的面说谎和抽吧脸[作者家乡的方言，黑着脸的意思。——编者注]。"

父亲说他打从祖父那里继承种植木耳这门手艺起，祖父就一直告诉他，不能当着木头的面说谎和哭泣，不然那木头就不会把耳朵支棱出来。

年少的父亲信以为真，年少的我也信以为真。后来慢慢长大，终于知道这是玩笑话，我却宁愿相信这是真的，因为听上去很美好。父亲想通过木头的耳朵，让我明白一个孩子最该具备的品质是诚实和勇敢。所以，我的记忆里总会浮现出这样的画面——父亲神秘地对我说:"你对着这根木头笑,过几天那木头就会长出很多耳朵来。不信你试试看!"我竟真的趴在那里,对着那根木头傻乎乎地笑啊笑,笑得眼泪都出来了。然后每一天,我都会去看它,令我感到惊奇的是,那木头上真的有一个个的小耳朵冒出来,并且在以后的日子里,一天天肥壮起来。我感觉到了世间的美妙,在很长一段时间里,我都坚信,我的笑声通过木耳的形状,绽放出来了。

心灵的好模样

  在我的读者群里,大家曾经讨论过一个关于心灵的话题,虽是只言片语,但依然可以勾勒出心灵的好模样。

  写文章要深入自己的内心世界,要做到自我剥离。白天一个世界,夜晚一个世界,白天审视周遭,夜里宠爱内心。

  一个人的内心,总有一隅寒凉之地,那里有陈年不消的积雪,在三伏天里替你挡一挡暑气。据此,我便有了穿越撒哈拉沙漠的信心。

  心底的纯净和现实的情况有时会发生冲突,人就会很纠结,自己的内心常常会打架。现实是沙子,纯净而宽容的心就犹如蚌肉,只有它们"相爱相杀"才能变出生活的珍珠。磨砺时永远是痛的,但是无论是成为珍珠,或者化茧成蝶,又有哪一个美丽的蜕变不疼呢?疼是"补钙"的良方,不论是植物还是人。

  世界上的美好不是一成不变的,我们只能不断地适应。所以，我经常在晚上用纯净的文字来抵御白天的勾心斗角、尔虞我诈。

或者说，很多美好是善良的人们亲手创造出来的，心大了，格局大了，就能包容世界的不堪。

人与人相处，有时相互取悦，有时相互伤害。但是，别怕人与人之间偶尔的摩擦，它是让生活产生适度热量的选项之一。

其实心里纯净就看不见世间的不堪，就是看见也会比一些人少很多很多，因为他们看事物的角度不同。一个为别人做好事的人，有的人会觉得这个人是为了自己的利益，内心纯净的人看他就是做了一件力所能及的好事而已。

角度不同，想法不同，心灵需要碰撞和撕扯。易怒人看到的晚霞，是群山与落日的一场厮杀；豪放客看到的晚霞，是群山与落日的推杯换盏。

美剧《了不起的麦瑟尔夫人》里面有一句台词："那些不讲道理的人，大可以继续刁难我。十年后，我改变的是自己的人生，而他们改变的，只有自己的刁难对象。"

把不堪当成粪土，我们就如同掉入了粪坑；把不堪当成沙子，我们就有可能把它变成珍珠。不堪一直都在，归根结底，还是看我们怎么处理它——想吃粪就做蜣螂，想喝蜜就做蜜蜂！

就像苏东坡说佛印像一坨屎，而佛印说苏东坡像一尊佛。心里有佛的人，看到的就都是佛。

河蚌之所以能把沙子变成珍珠，那是因为它有一种分泌物。人内心的这种分泌物就是"包容"。

——小人给我们扔过来多少石头，我们就都码在脚下，当成垫脚石。

——别人泼过来的冷水，我们就努力让那冷水沸腾。

世上没有生锈的影子

城西街有个怪人，明明不是哑巴，却没有人听过他说过话。

后来，从别人口中得知了他的故事。以前，他是一个"臭嘴巴"，喜欢揭别人的短，因此得罪了很多人。有人就暗地里给他下了套，把一顶"侮辱罪"的帽子扣在他头上，为此他蹲了一年的大牢。

祸从口出，他恨自己的嘴，让自己失去了快乐。他要惩罚它，不让它说话。从此，那张嘴就再也没蹦出过一个字儿来。

我喜欢有故事的人，于是试着去接近他、开导他。我告诉他，每个人都有把自己弄丢的时候，要记住把自己弄丢的教训，也要记得把自己捡回来。我对他说："你惩罚自己的嘴，其实是在禁锢自己的灵魂。你要活得快乐，就必须放飞你的灵魂。"

城西街的"哑巴"开口说话了，他之前以为自己生锈了，失去了探索生活的乐趣，身上散发着死气沉沉的腐朽的气味。而现在,他打开了自己,他擦拭了自己,他焕然一新。偶尔出于习惯,他还是会用手势来表达自己的心情,但我分明看懂了他打出来的两个手势,一个是快乐、一个是感恩。

我小时候体质弱,三天两头的发烧感冒。父亲鼓励我多运动,可是惰性牢牢拴住了我。母亲宠溺我,不到上学的最后一刻不喊我起床,父亲埋怨母亲,说我再不活动活动都要生锈了!我用被子蒙着头,充耳不闻。父亲以身作则,每天早起晨跑,而我终归还是舍不得热乎乎的被窝,对父亲的垂范视而不见。

终于有一天,好脾气的父亲狠下心来,硬把我拉起来陪他跑步。我睡眼惺忪地跟着他慢慢地跑,满心的不情愿。这时候,太阳从天边慢慢地蹭出来,那一幕让我惊呆了。这是一轮多么新鲜而饱满的太阳啊,它是刚刚出锅的冒着热气儿的汤圆、它是沾着芝麻粒儿的麻团、它是淌着汁液的荷包蛋……它是人类共有的早餐!

我为自己错过了很多次这样的"早餐"而后悔,不然,我该多么健壮!

我跟在父亲身后,气喘吁吁,脚像灌铅了一样。父亲鼓励我咬牙再坚持一会儿,他说:"只要你跑起来,你的影子就不会生锈。"

在一次笔会上,我认识了一位传奇人物——王先生。他的人生是一首曲折的诗。在他最意气风发的时候,因为特殊原因被判入狱8年。在狱中,他开始写文章,一共发表了百余篇文章,因此获得了减刑的机会。出狱后，他并没有自怨自艾，他说，人总要为自己的过失负责，既然犯错了，就要为这错误付出代价。失之东隅，收之桑榆，他虽然失去了多年的自由，他的灵魂却得到了淬炼，心灵得到了宁静，这何尝不是另一种意义上的收获呢！

他凝视着自己的深渊，那深渊也凝视着他，他却未掉进那深渊，而是在深渊的边缘，游刃有余地前行。这是一个有多么强抗击打力的灵魂！他坚信，命运在他人生的上半场和他开了一个天大的玩笑，一定会在他人生的下半场还给他一个圆满的结局！

王先生说，虽然失去了自由，但那些年，他始终让自己的心灵坚持奔跑，而不是待在阴影里。

世上没有生锈的影子，影子在移动，一丝风也可以让它欢呼雀跃。如果你惧怕风，就跑到风的前面去，在它的额头上刻满你的脚印；如果你惧怕黑，就闯进黑的内里去，在它的心脏里炼出一颗灵魂的夜明珠。

第四辑

掬一捧从前的月色生活

如果疼痛无法止息,那么,就选择承受。大声地哭出来,眼泪会替你清洗伤口。疼痛的时候,你是一棵战栗的树;待你痊愈时,你会是一座森林。

没有点『奢侈』又算什么生活

母亲经常和我们讲发生在她们那个年代的故事，她讲得如痴如醉，我听得津津有味。她讲的一个"老戏迷"的故事，尤其令我印象深刻。

母亲那时候还小，村里有一个从外地逃荒来的人，我们这里管这些人叫"跑盲流"的。他是外地户，自然没有他的土地，只好在村里的砖窑出苦力。他几乎每日都是窝头就着咸菜，再加一碗汤，终日里不见细粮，更别说荤腥了。他爱抽烟，自己又买不起，只好弄些劣质旱烟卷着抽。赶上村里开个群众大会啥的，他总是最后一个离开，拿一把扫帚把男人女人们扔掉的烟蒂扫到一起，然后挨个扒开，眯着眼睛，极贪婪地掏取里面所剩不多的烟丝，存储到自己的烟盒里。

这样一个人，荤腥沾不到，连烟都买不起，却迷恋上了看戏。平日里一分一毛地攒，攒够了一张票的钱，就屁颠屁颠地跑去县城里看场戏。

这可真称得上是地地道道的老戏迷了！

在村人看来，他是不务正业的，因为他不该享有那份"奢侈"，他就该守着他的砖窑，日复一日地劳作。有人奚落他，有那钱不如买上二斤肉、一壶酒，好好犒劳犒劳自己，何必呢？听那两段戏，能长二斤肉啊？

他不置可否，只是喃喃地说，隔几天听一回戏，心就不那么空了。

他打了一辈子光棍，因为没有人照顾，再加上年轻时严重透支了健康，刚过了六十岁就去世了。临终的时候，他把这些年攒下的很大一笔积蓄都给了老支书，说自己反正也无儿无女，让老支书用这钱为村里做点事，修修路，或者翻修一下村里的学校，也算让村人对他留个好念想。

出殡的那天，老支书请来了一个戏班，唱了整整小半天的戏。如果在天有灵，他定会对自己这奢侈的谢幕仪式感到十分满足吧。

这是个令人心生敬意的人，他于贫瘠的时光里，主动给自己订购了一份奢侈，这件事本身的意义甚至高过他生命尾端的那个高尚之举。

白岩松说：当下时代，最大的奢侈品，不是香车别墅，也不是金钱地位，而是心灵的宁静。

奢侈不是富人的专利，穷人一样可以。没有人规定，清贫的人就该守着清贫，循规蹈矩过日子。也没有人规定，苦难中的人就必须唉声叹气地活着。

美国电影《战争与爱情》中医生与护士有过一次对话。医生认为该给伤员截肢，护士却努力争取为伤员保住那条腿。"对他来说，失去腿，生命也不再有意义。""可你知道，（若这次不截肢，失败了）在战争时期，第二次手术是一种奢侈。"不过医生最终还是妥协了，"冒这样的风险的确很奢侈，"他接着说，"可没有点奢侈又算什么生活呢！"

有时候，生活需要一种奢侈，那是给疲惫的灵魂敬的一杯酒。

如今，每次回农村老家，都会被小广场上那些扭秧歌的人们感动。那些农民们累了一天，有的人衣裳都没来得及换，就拿起扇子扭了起来。

秧歌是劳动者的翅膀。不论多劳累，也可以扇动出一份奢侈的激情来。

死水尚且有微澜，何况是有花有草、有风有雨的生活，岂可就这样白白地沉寂、默默地荒废了！

掬一捧从前的月色生活

从前有什么？健忘的你大概记不得那么多，但是有一样东西，你一定记得——"慢"。

那时，我们写信。邮递员骑的车子很慢，我们的字写得也很慢，总是不满意某种表达，写了撕，撕了再写，说过的一点点儿热辣的话，紧赶慢赶，也要几天时间。生活，是要缓慢进行的。

那是我们怀念的从前。孵小鸡要用二十多个昼夜，更别说成长了。蔬菜要登上餐桌，须经过阳光的恩准。开花几天，结果几天，收获几天，都是有自己的规律的。

从前，去看爱人，赶不上车，就步行，就着月色，走上个大半夜，将近凌晨的时候，见到了爱人，她的惊喜比天还大——难不成是从天而降吗！

多远的路都挡不住思念的脚步，在爱里，我不做奔跑的犀牛，我只做笨拙的蜗牛，路远，我就一直爬。

从前很少看见汽车,也没坐过飞机,没有手机和互联网,不会有淘宝体的问询:"亲,今天还好吗?"也不会有甄嬛体的答复:"小主今日心情极好。"不管电视剧里把穿越剧演得如何神乎其神,都没怎么感动过我,其实,人世间最美的穿越,是从一颗心到另一颗心。那是最优雅的缓慢,我一直坚信,蜗牛可以到达的地方,月光宝盒不一定可以抵达。

"齐纳蒂",你们有没有听过这个名字?你们都以为这是一个老外,是歌星或者球星吧?其实,那只是拼音输入法惹的祸,我不过是要打"亲爱滴"而已,只不过速度太快,变成了齐纳蒂。

木心说,从前的锁好看,钥匙精美,你锁了,人家就懂了。

并不是说从前的月色里就没有小偷,实在是从前的月色里,养了更多的君子。

我们在从前的月色里缓慢地成长,甚至,一朵花开的瞬间,我们都能看得清;一棵树鼓胀出的一粒米大小的芽苞儿都能看得清;看一尾鱼,怎样从鱼缸的左边游到右边,再从右边游到左边。

爱人在一封信的结尾对我说:"三匹马的车子停在你的门前,上面装满你要的诗歌。"

那是多么宏大而优雅的场景,此生莫说拥有一次,想象一次,也是奢侈的幸福。

掬一捧从前的月色,洗把脸、漱漱口,过去的岁月便在眼前飘来飘去。想起一段浪漫的故事，美好得让我感动；想起了一个深爱的人，如今不知身在何方，心便有点微微的疼。为什么在月色里，人们总是容易回到从前？

这几年，我有些分辨不清今生要去的方向，一团乱麻似的生活越缠越大。生命就像一场终有尽头的奔跑，有时候你不停地跑、不断地跑，却不知道为什么跑，跑向哪里，哪里是终点。此刻我才恍悟，所有的奔跑都是为了更优雅地停下来。就像跳远一样，发力、助跑，只为了最后在半空中划过一道美丽的弧线。

现在，我终于把快递包里的生活轻轻放下，一门心思享受着这月色的苍茫。

多好啊！灵魂在微微地歇息，在潮湿的空气里慢慢散步。它神秘地穿行在人群中，不说话，也不呼吸。它也可以随意变形，变成一朵花、一缕风或一团雾。

停下来。月色正美！

心疼的时刻

理想,是我们热爱的行李,白天埋怨它压得人透不过气来,夜里我们却可以在它的怀抱里,安然入梦。

你以为你摸到了什么,又像什么都没有摸到,因为掌心是空的。

爱丁堡、北海道、济州岛、布拉格小巷……这些都是我想去的地方,在梦里去过,不止一次。

阳光一出来,这些地方就不见了。其实这些地方加起来,也都只是一个地方——你的心里。

我盯着你的影子看,看了大半生,终于,看到它生出蝴蝶的翅膀。可是有人嘲笑我,说我犯了眩晕症,外加老花眼。

我用执念为自己刻画着,一圈又一圈的年轮。我并不为衰老难过,只是心疼而已。

多少人在年轻时想抓住整个世界,有一天却连一双筷子都抓不住,连自己的身子也抱不紧。

听一支曲子,饮一杯酒,我可以比灯火更早地感知黑暗。我不想被黑暗埋没,那就想着你。像《恋爱的犀牛》,在内心独白:

"我在楼上看云的样子,心里晃动的是你的影子。"

"从我那里走向你,只需要七步,可是我走了整整一生。"

……

落叶是衰老时光里的补丁,在我的灵魂支离破碎的时候,它飘落下来,准确无误地敷在我的伤口上。每一道伤口里都住着一个人。落叶,请不要挡住那些容颜。

深夜里回家的人,把摇晃的钥匙插入冰冷的锁孔。醉了、吐了,都算不得难受,难受的是,家里没有为你亮起的灯、没有为你开门的人。

更多的人活在琐碎的抱怨和任性的小脾气里,而公交车聚集了这些人。没有强盗,没有英雄,没有不共戴天的爱恨情仇,没有险象环生的大风大浪。一个胖女人不断嘟囔,说世上所有的减肥药都是骗人的;前排的一个女乘客突然哭了,因为早上和丈夫吵了架;一个厨师拎着一个大马勺坐在那里一言不发,他被开除了,因为他把盐当成了糖……

一个瘦骨嶙峋的男人背着一个硕大的圆号,仿佛在吹奏一朵长在背上的牵牛花。

我也会吃鱼,只是吃的时候,有些心疼,因为我看见了它临死前的挣扎。

你能让那朵花开得再慢一些吗？陪陪我，等这根蜡烛烧完，我就一起熄灭。

今夜，月亮被一层雾笼罩，它的刃不再明快，无法再为我剃去心上缠缠绕绕的愁思与哀怨。

我是蜷缩在这尘世的最后一支烟，无人将我点燃。

烟盒里剩下最后一支烟，就像，我的记忆里，只剩下你。我要懂得节制，我要戒掉你，像戒掉这烟盒里的烟。

是你，为我的命运打造了一条锁链，又偷偷复制了钥匙。你一边锁住我，一边打开我。

原来，一寸一寸地疼，也可以是一种幸福。

诗人拉萨写过一首诗，朴素而感人：

> 瘦骨嶙峋，他的羊瘦骨嶙峋
> 他的几只羊和集市上的他一样瘦骨嶙峋，
> 快中午了，
> 他的羊没有卖出一只。
> 该吃午饭了，集市上其他的羊都卖走了，
> 他的羊还没卖出一只。
> 后来，他见人就喊买只羊吧，
> 再后来，他的那几只羊跟着他一起喊，

买只羊吧。

我承认,读完最后一句,我心疼了。

"一个下落不明的人,一个纯净得仿佛没有在人间留下过痕迹的人。"诗人张执浩在评价已故诗人易羊的时候,这样说过。这句话也让我心疼。

我以为,一颗心因为成熟而生了厚厚的痂壳,可是,早上推窗,听到喜鹊叫,还是不由得欢喜;看到乌鸦落于屋檐,仍旧会戚戚然。更重要的,还会心疼。这多么好,会心疼,多么好。

来,我们给云朵取名字。那朵心形的云,我们叫它爱。可是一阵微风,就让它的形状改变了。是不是也要重新命名了,这就像某些人的誓言,说变就变了。

你喜欢在夜里吸烟,吐烟圈,看星空。但你从未对我说,关于寂寞的字眼。

我想借助一颗有着巨大钻头的钻机,深入你的生命中去,把所有忧伤和痛苦的触须,都连根拔去。

我的太奶奶,死于饥荒之年。她把旧棉袄撕开,抓起一把棉花,塞进嘴里,咽下去。她赶跑了饥饿,却引来了死神。

每每听父亲提起此事,我的生命里,就多了一阵又一阵心疼的凉风。

候车室的人,有的为了回去,有的为了离开。

父亲宠爱女儿,从小到大,一直如此。对话总是很有意思——

"皮一下很开心是吧?"

"你可别吃成奚美佳啊!"

奚美佳是女儿幼儿园里的同学,一个大胖子。那是只属于他们父女之间的话,只有他们两个懂。

拐弯儿的风,你是想追上那个拐弯儿的人吗?他走了另一条路,你追得上吗?另一条路,与生相反,越走越远。我想让你追赶上他,并拉他回来。

活着有多温暖,死后就有多冰凉。阳光投给活人的光,死后,就慢慢地都收回去了。

亲人们好久没有聚到一起了,直到九十岁的老人去世,大家才得以围坐在一起。那用来取暖的炉子里的火苗,渐渐就旺了起来。

你看天空,一群星星打捞着另一群星星。你看人间,一双手牵着另一双手。

只有溪水还在流,运送星星、云朵和人类的相思与离愁。

我翻开一封旧信,一些字迹都已模糊不清,我并不痛恨遗忘,只是有些心疼而已。

白鸽不会亲吻乌鸦

从小喜爱音乐的萨里埃利，幸运地逃脱了家族事业的束缚，到了音乐之都维也纳追寻他的音乐伊甸园。最后，他如愿以偿地当上了宫廷乐师，成为奥地利皇帝的宠臣。一切都那么顺心如意，世界似乎那么美好。直到有一天，一个叫莫扎特的年轻人的出现，打破了他平静的生活。年少的莫扎特那么轻狂，甚至还带点儿神经质。他的音乐，却永远带着孩子般的天真无邪，让人一入耳就难以拒绝。开始，萨里埃利以为莫扎特只是因为勤奋用功才得到如此成就的。可是当他看到莫扎特的手稿上一点儿涂改的痕迹都没有，浑然天成得简直就像直接从头脑中誊写下来一般时，他愤怒了，他质问"音乐之神"："为什么我那么依赖你，你却选择了他作为你的乐师？我要向他开战，我要尽我所能，毁灭他的天才！"从此，拉开了一个变态的、因嫉妒而变形的心灵和一个天才之间的斗争。这是电影《莫扎特传》的剧情，这个心灵扭曲了的萨里埃利，比莫扎特更像主角，他处心积虑地设置一个个陷阱，让天真的莫扎特一步步陷进去，直到生命的终止。

诺亚方舟经历洪水后，诺亚放出了方舟上的两只鸟，一只鸽子、一只乌鸦，希望它们能带回这世界变化后的消息。乌鸦飞出去了，看到大水里的动物的尸体，于是就去吃尸体了。鸽子在三天后飞了回来，带回来了新长成的橄榄枝，告诉诺亚已经出现了陆地。于是，众人认为乌鸦吃了尸体，乌鸦是不洁的鸟，而鸽子带回来橄榄枝，所以鸽子是洁净的鸟。

洁净高尚的白鸽是不会与不洁的乌鸦为伍的，白鸽是不会向乌鸦示好的。而在我的认知里，我愿意把小人比喻为乌鸦，因为它们不光自己黑，还喜欢"黑"别人。我在想另一个世界里，莫扎特的灵魂与萨里埃利的灵魂相遇了，会避之唯恐不及的吧。

西谚有云"仆人眼中无伟人"，仆人离伟人太近，反而看不到伟人的伟大，只看到伟人也跟常人一样吃喝拉撒。常人每每有一种"贵远贱近"的倾向。所谓"远来的和尚好念经"，近在身边的贤人却看不到，不懂得敬重。我们周围的人，尤其是那些很熟稔的朋友，有些人学问很好、才干很高，或是品德很高尚，但因为我们跟他们太熟了，常常会忽略掉这些，又因为是一起长大的人，往往不甘心承认人家比自己高明很多。于是，有些人逮到有一点儿不利于人家的谣言，便跟着添盐加醋，或者泼一盆脏水，不经意间就做了一次小人。

"近君子，远小人"，是老夫子的古训，放在今天也依然适用。尽管需要远离小人,但生活就是这样,有时候你想躲还躲不开,那就需要巧妙地与之"相处",就像尼采说的那样,在世人中间不愿渴死的人,必须学会从一切杯子里痛饮,在世人中间要保持清洁的人,必须懂得用脏水也可以洗身。所以,在你走向成功的路上,小人的刺激也是一块不可多得的垫脚石。

最巧妙的"相处",便是像鸽子那样保持我们的纯洁,只要我们一如既往地白,闪着光地白,那灰烬般的乌鸦就无处遁形,那黑就不能遮盖我们。

节奏

　　为什么下山比上山快？因为上山是为了看山顶上的风景，既已看遍，心中便没了欲望，身体就轻了。上山有上山的节奏，下山有下山的节奏，犹如一呼、一吸。

　　一个人，总该有自己的节奏。该快的时候，如脱兔，该慢的时候，如反刍。豪气干云时，借几碗烈酒抒怀；柔肠百转时，听两曲松风灌顶。

　　卡夫卡有过一段描述：一辆载着三个男人的农家马车在黑暗中正在一个坡道上缓缓向上行驶。一个陌生人迎面走来，向他们喊叫。交换了几句话后，他们明白了，他想要搭车。人们给他腾出一个地方，把他拽了上来。车行了一段后人们才问他："你是从对面那个方向来的，现在又坐车回去？""是的，"陌生人说，"我先是朝你们这个方向走的，但后来又掉了头，因为天黑得比我估计的要早。"

这是懂得回头的智慧？我想，这就是他的节奏，适当改变一下路线和思路，以应现实之需。

多少人的生活，像失联的航班，在世间消失。唯有一只黑匣子，记录了你的名字、生平以及梦想。很多人失去方向，更多的人失去节奏。节奏是日子里的呼吸，是美妙的音符。

看过一个外国人写的书，叫《生命的节奏》，是科学性质的书，具体阐明了"生物钟"的科学特征。为什么心脏病早晨发作的人比较多？蜜蜂是如何辨别时间的？驯鹿是怎样知道何时该迁徙的？为什么小孩子早上不容易醒来？为什么我们会觉得自己有时像猫头鹰一样在夜间兴奋，有时又像云雀一样在清晨活跃？原因就在于生物钟。

尽管纷繁的尘世生活掩盖了我们体内的这一生理节奏，可是它仍然发挥着巨大作用。它主导着我们的生活模式——何时作息，我们的状态何时处于巅峰或低谷。

我们要尊重体内的这座钟，它时刻提醒着我们，如何使我们的生命具有节奏感和韵律美。

人生也有这样一座生物钟，它时刻提醒着我们，不可透支自己的健康和良知，去贪取更多不属于你的东西。

诗人雷平阳说："看路上飞奔穿梭的车辆，替我复述我一生高速奔波的苦楚。"奔波很苦，高速奔波，更是苦不堪言，这个参照物找得相当贴切。我们习惯了在朋友圈晒自己又去了一次远方，又登了一次高处，好像所有的风景都在远方，都在高处，仿佛生命的意义，就在于看谁站得更高，走得更远，这似乎已成了"有出息"的隐含意义。

一生忙忙碌碌，走过很多地方，走了很远的路，可是细细想来，无非是在另一个地方，另一条路上，踩着自己走来走去。

总有人劝你去见更大的世面，其实，量力而行。方圆三公里，走走停停，吃一碗牛肉拉面，也挺舒服。你的节奏，不需要别人来带。

我一生的节奏，便是顺其自然，知足常乐。我要感谢，最先替我老去，并被我拔掉的白发。我要感谢，最后一根，替我保留希望的黑发。我要感谢自己，从过去走来，向未来走去，成为度己的佛。

每一滴眼泪都是人世间最小的湖泊

人一生下来就会哭,眼泪是神赐的礼物。

而你多久没有流泪了,你是否已经忘记了眼泪的滋味?当你看透一些人、一些事,你是可以变得更纯净的,那些人和事就像是过滤器,可以把岁月中的杂质都过滤掉。然后,你变得坚硬,在心的外层长了厚厚的保护茧,很少有什么人、什么事可以再伤害你,可是,也没有什么人、什么事会再感动你。眼泪,这神赐的礼物,你正在亲手将它丢弃。

在儿时的记忆中,大人的哭有默泣、轻声啜泣、大哭,更有撕心裂肺般的号啕大哭。小时候不懂情感,哭泣的原因更多是因为得不到喜欢的物品,或者因为某些外力,比如被老爸"胖揍"。长大后,只有自己经历过才明白,人们只是习惯拿流泪当作感情的宣泄口。孤独了会哭,想念了会哭,感动了会哭,委屈了会哭,分别了会哭,面对苦难会哭……

祝勇说，人被一种爱抛弃并不可悲，可悲的是从此对世间的美好视而不见，从此失去了欣赏美的心境。那便是在人生旅途上，购了车票付了代价，却忘记了领略路上的风景啊！我想，对于这句话，失恋的人应该是最有体悟的。疼过之后，就哭出来，眼泪会让你的眼睛更清澈，看到更美的世界。

有一种说法：每个女孩都曾是无泪的天使，当遇到自己喜欢的男孩时，便会流泪——于是变为凡人。所以男孩一定不要辜负女孩，因为女孩为你放弃了整个天堂！

眼泪多么动人。我对爱人说：为我清扫内心的街道的，是你唇间吹过来的风，还有你眼里流出的泪。

冰心老人觉得生命的长途要有花，更要有泪。"爱在左，情在右，在生命的两旁，随时撒种，随时开花，将这一径长途点缀得花香弥漫，使得穿花拂叶的行人，踏着荆棘，不觉痛苦，有泪可挥，不觉悲凉。"爱若在，眼泪便在，暗淡的人流出的眼泪，也一样可以映出星星。这人世间面积最小的蓝色湖泊，将会因为爱，而永远不会枯竭。

我喜欢传统的写作方式——钢笔与稿纸的摩擦。我的钢笔，蘸的是墨水，淌出来的是眼泪。我始终相信，用泪水浸泡过的文字，必然会更纯净。同样，在保持心灵的洁净方面，没有任何一种洗涤剂比泪水更有效。

所以，不要关闭你的泪腺，那是你与世界保持亲密关系的纽带。大哭一场之后，总是感到洁净了，就像心和头脑刚刚在洗热水澡时相互搓了背。

眼泪具有很多功效。它能杀死细菌，眼泪含有溶菌酶，仅在短短的5~10分钟内可以杀死细菌总量的90%~95%；它能排除毒素，像一种自然疗法或按摩疗程，排除我们体内由于压力积聚而成的毒素；它能降低压力，排除体内由于压力积聚的一些化学物质；它能保护我们的视力，不仅润滑我们的眼球和眼睑，还可以防止眼部黏膜脱水；它能释放情感，虽然不是每个人都会经历创伤或重度抑郁，但每天都会有人在心中积累冲突和不满情绪，有时它们会聚集在大脑的边缘系统和心脏的某些角落。

人的身体很聪明，会选择性地遗忘悲伤，哭过就会忘记。小哭怡情，大哭伤身。如果说流泪是一项才艺，那么它是有形具体的"表演"。而能从流泪中领悟到生命的意义则可以称之为"道"。这需要更高层次的智慧，并不是每个人都能感受到"道"的存在。

思念是一捆干净的柴火，让世上心碎的人，一边烤火，一边缝补衣裳。眼泪是这捆柴火里最耐烧的部分。

如果疼痛无法止息，那么，就选择承受。大声地哭出来，眼泪会替你清洗伤口。疼痛的时候，你是一棵战栗的树；待你痊愈时，你会是一座森林。

麻雀不必飞得很高

市里举办摄影展，朋友给了我两张门票，我赶紧去家人的QQ群里显摆。四妹跑出来说："我就是个摄影家，你们要不要看看我的摄影作品啊？"

我们以为她在开玩笑，没想到她真的发出来许多摄影作品，令我们意想不到的是，都是些木头的横截面，很是形象。有小乌龟、犀牛、小猫、小狗，我们不禁拍手叫好！她说这都是她业余时间用手机拍的，看到好看的横截面，就拍下来。

四妹在一个工厂做工，很辛苦，为了多挣些工资，经常加班加点地工作。我们都说她，何必把自己弄得那么累，一点放松的时间都没有。

可是她懂得在那点闲暇的时间里让自己变得快乐。

她的QQ签名也总是姐妹当中最快乐谐谑的一个，有时候是一句调皮的话语，有时候是一句夸张的自嘲。每天晚上不管多晚回家,她都要在家人群里给家人送一杯咖啡,道一句晚安,尽管那时线上只有她一个人。然后她照例要打一局网上的斯诺克,才会去睡觉。

有一天,我半夜起来写东西,习惯性地登录了QQ。一排好友里大多数人都黑脸睡觉去了,唯独四妹的头像鲜活地亮着,看见我上线,她像逮到了老鼠的猫一样凑过来,给我发了一张图片,是她拍的。"赶紧看看,好看不?"那还是一个木头的横截面,有些神似一只小麻雀,她用铅笔稍微加工了一下。真的栩栩如生呢,我不禁赞美了她几句。她便在那边高兴得手舞足蹈起来。

那么累,却不忘让一颗心变得轻松。一颗热爱生活的心,不见得非要在空闲时间里才有,在忙碌的工作中,一样可以。

四妹的精神状态总是能让我想到静秋大夫。

那时我还小。静秋在村子里开了个很小的诊所,也就是打个吊针之类的,其他重一点的毛病,她都看不了。不过在这个偏僻的小村子里,她已算是一个小名人了。因为求她帮忙的人很多,而她总是有求必应,尽着自己的绵薄之力。

我们都叫她静秋大夫。

她总是微笑的,从来没见过她耷拉脸的时候,不管如何忙累,她的笑容都是不败的。

那次,我们几个人都得了一样的病,看着像感冒,却一直高烧不退。静秋大夫着急了,向城里的医院求助,城里的医生让病人赶紧去城里医治。

那时候,坐车是一件很奢侈的事,很多时候都是靠步行。静秋大夫毫不犹豫地就领着我们去。

小巧的静秋大夫在前面引领着庞大的队伍,不时地讲上一两个冷笑话,以缓解人们的疲惫。

遇到小溪流,静秋大夫都会一跃而过,如果遇到稍微宽一些的小溪流,她就会来个助跑,然后轻盈地跨过去,长发在空中肆意舒展。她的快乐情绪感染着每一个人,使我们渐渐忘记了,我们是一群要去就医的病人。

天太冷,静秋大夫里三层外三层地,把自己裹得像粽子一样严实,裹得再严实,也遮不住她身上慈悲的、快乐的光。

她的一个位高权重的老同学想把她调到城里去,她不去,她说这个村子虽然很破旧贫穷,却说不清楚为什么有一种特别的吸引力,让她不想再走出去。就像村子里的麻雀,贪恋着村里的粮食,不肯飞走。

"挺好的,我很快乐。"她对她的老同学说,"就像一只麻雀那样快乐。"

作家刘心武说:"不要指望麻雀会飞得很高。高高的天空,那是鹰的领地。麻雀如果摆正了自己的位置,它照样会过得很幸福。"

麻雀不必飞得很高,就能怡然自得。叽叽喳喳,快乐得像狂欢曲里的音符。

一朵花，只管开着

怎样让一棵苹果树结出橘子？很多人第一时间想到了嫁接，可是这样似乎太低估了苹果树，它的地盘它做主，不会让别的物种轻易占领（除非是橘子家族举家搬迁过来才好），且不说橘子到底能不能嫁接到苹果树上，即便可以，那也结不出真正的橘子啊。我的意思是，怎样让一棵苹果树结出真正的橘子来。

当我为这个问题一筹莫展的时候，米粒儿说："这有什么难的，我爬到树上，把橘子挂上去吧。"

一头熊，在雨天担心花朵没有光照，在晴天担心花朵没有雨露，花朵开得不好，蜜蜂就酿不出蜜来，它就没办法解馋了。这头没完没了地替那些花和蜜蜂操心的熊，看似粗野，其实内心敏感脆弱。不论天气如何，最终它都吃到了蜂蜜。即便如此，第二年的春天，它依然在替那些花和蜜蜂操心。

有一只小鸡破壳而出的时候，刚好有一只乌龟经过，从此以后,这只小鸡就背着蛋壳过了一生!别人对你的影响很可能让你失去自我。

伊索寓言里有一只自以为是的苍蝇,停落在大车轮轴上说:"看我把尘土扬得多高!"无知的人往往嚷嚷得最欢。

在我们眼里,屎壳郎是臭名昭著的,可那就是他的生活,粪球就是它生命的全部。抛去那些异味,单单去想那样一个小小的身体,却能滚动那样一块"巨石",这难道不像西西弗斯一样令人感动吗?

蝎子为自己的腿多而烦恼,他不知先迈出哪只脚才是正确的走路方式。看到蜈蚣走得很坦然,便前去讨教,蜈蚣说:"我可从没想过这个问题!"

人生有多少没必要的烦恼呢?君子兰,不知自己与君子有何交集;虞美人,不识虞姬和项羽;喇叭花,从不曾在那喇叭里喊出一句话……一朵花,从不去想这些问题,只管开着。

遇到一大簇青草,妻子俯下身去,把手机贴近,徐徐地向前移动。从视频效果上看,这一大簇青草,俨然一片辽阔的大草原。换个角度,滴水藏海。

米粒儿问了我一道数学题,说:"有一只青蛙在井底,每天爬上5米,又滑下3米,已知井深10米,那么青蛙爬到这口井的上面一共需要几天?"

这道题我觉得挺有意思的,从不同的角度都可以看出这只青蛙的可敬。憨憨的它每天爬上5米,又滑下3米,从数学的角度来说，青蛙爬到6米之后，在后一天爬上5米就可以到井顶了，所以一共需要4天，但我觉得除了这个具体的数字之外这只小青蛙还是能给人一些启示的。一只要自我突破的、不愿被称为"井底之蛙"的蛙，为了看看外面的世界，每天艰难地往上爬，虽然井壁湿滑，好不容易爬了5米，又掉下大半，但它每天都在前进，每天都在积累。所谓"不积跬步无以至千里，不积小流无以成江海"，在它积累到一定量之后，最后的5米就不会再往下滑，因为到了井口，它就完成了质的飞跃。所以不要觉得眼前一些琐碎的事情毫无用处，积少成多，它们会带给你大笔的财富。做事如此，做人也一样，"勿以善小而不为，勿以恶小而为之"。

家里的钢琴有几个音不准，我们请了调音师过来调音。他直接坐到钢琴旁开始工作，整个过程中一语不发。完毕之后，他见到另一个房间里的古筝，眼里闪出光来，终于开口说道："如果那个古筝需要调音，我也行的。"

调音师，可以调试我们的琴，但我们紊乱的生活，又由谁来调理呢？

一棵孤独的老树，可以替人哀愁。它伟岸的身躯，承得住众多的苦痛，只见人们往它身上系红布条，却不见人，给它松绑。

四分之三拍的扫帚

在我居住的小区，有这样一个老人。每天早晨晨练的时候，我都会看到他在扫大街。彼此之间虽然没怎么说过话，但经常见面，也算熟络了，每次见面都会点下头打个招呼，日复一日。

老人的脸上有一种如同被海水浸泡过的坚韧，胡子拉碴，说话时让人看不清是胡子在动，还是嘴唇在动。

老人穿得很破旧，在他脸上却看不到一点悲苦的神情。他每天天刚蒙蒙亮就来到大街上工作，有时候配合着公园里"喊山"的老人狠狠地吼上两嗓子韵味十足的京剧，小区里的人们在他的"吼腔"里慢慢醒来，舒展着身体，开始了新的一天——那是我们心灵里的闹钟。

强子是我在老家的发小，正如他的名字，是个喜欢争强好胜的人。可惜，心强命不强，本来自己跑运输挣了点儿钱，可是忽然得了眼疾，在镇医院动了手术，结果成了瞎子。他和老婆找了无数个部门反映、讨说法，希望得到赔偿，均无功而返，慢慢地就认了命。这样一个心气很强的人，冷不丁置身于黑暗中，难免心灰意冷，自杀了好几次，都被及时救了回来。老婆狠狠地骂了他一通儿，把他彻底骂醒了。他是个手巧的人，开始琢磨自己能干点啥，就想到了扎扫帚。院子里有的是扫帚草，他让老婆都给他割回来，他就摸索着弄，没多久功夫便熟练起来。扎的扫帚又大又结实，他让老婆拿到集市上去卖，很受欢迎。他来了劲头，告诉老婆，去别的地方割扫帚草，有多少割多少。有了事情做，半死的心就缓过来了。每天，他拿着自己扎的扫帚扫院子，他说，自己看不见，也要把院子拾掇得干干净净、亮亮堂堂的。活着就得有个活着的样子！他一边打扫一边大声哼唱着口水歌，引得猫啊、狗啊总往院子里跑。"来猫来狗，越过越有，好事儿！"每次老婆驱赶它们，他都拦下，并进屋取吃的喂它们，院子里生机勃勃，一派盎然生机。

有时候我想，当一个人活在低谷时尚能唱得出歌来，那么他就永远无法被命运击倒。我的母亲亦是如此，眼盲十年有余，每日里依然能听见她哼唱，我问她，知道自己唱的是什么歌吗？母亲总是摇摇头，她不记得歌的名字，但还记得那旋律，那是可以把人从深渊里拽出去的旋律。

早上起来去买早点，又一次看到了那个扫大街的老人。路边的广播里放着节奏感极强的《当兵的人》，我看到他把手里的扫帚当成了指挥棒，在那里忘我地打起了拍子。我想，老人的家里一定有什么喜事，或许是儿子升职了，或许是孙子考试得了第一，或许是老伴的病情有了好转……不管是什么原因，我都被他的快乐情绪感染了。

和他比起来，更应该快乐的是我。有体面的工作，有车有房，孩子接受着极好的教育，可我为什么高兴不起来？每天穿梭在人群里，为什么总要以冷脸示人？归根结底，是因为那颗心被绑缚了太多的贪念，总想得到更多，所以轻快不起来，无法自由自在地飞舞。

很多人有黑亮的眼睛，却从不凝望；很多人有健美的双腿，却从不起舞；很多人有美妙的声线，却从不歌唱……人生的很多懊悔，皆由此而生。

此刻，我竟不自觉地跟着老人的拍子扭动起来，老人手里的那把扫帚，我愿意叫它"四分之三拍的扫帚"，它扫掉了我心头的贪念和浮躁。我的脚步快了，我的心灵轻了，第一次，有了一种想要飞翔的轻盈感。那一天的树和阳光，都可以向世人作证，一只蝴蝶从我的心中飞出去了。

一棵树的复仇

你永远无法绑架一棵树，因为树，从来不懂得屈服。它选择了一个地方，便扎根于此，永久性地居住，从不向旁边多迈一步。

一棵树活着的时候，用叶子观察世界的千变万化。死了之后，就长出无数的耳朵倾听世界的奥秘。然后，留下隐秘的树洞，欢迎你前去与它交换彼此的秘密。

它的战栗，更多的来自内心的喜悦，比如久旱之后的雨水落下，比如南方归来的候鸟，栖息于它的枝头。

这棵倔强的树，把根扎得很深，可终究还是被人拔起，要将之挪到一个新的地方去。尽管不情愿，它也没有办法，只能听凭命运的安排。倔强一阵子之后，它还是会选择活下去，再一次把根扎在新的地方。

那些笔直的白杨、坚挺的松柏，都是好孩子，齐刷刷地站在光阴里，向岁月行着注目礼。

我见过一棵野柿树，贸然地长在了那里。不知是哪只鸟将它的种子撒在那里，在一整片整齐划一的松树林里，这棵野柿树显得如此突兀。野孩子一般，没人关心它的冷暖和饥饱，但幸运的是，没有人将它砍伐，它自由生长着，如同在一片稻田中的稗草。谁能想到它也有翻身的一天，等它结出满树的小灯笼的时候，所有人的态度都是赞叹的——啧啧，看啊，它多漂亮！

我曾经听到有一个人说："那棵树好累啊。"他怎么会看出一棵树的累呢？难道是因为那棵树上结的果子太多吗？还是那棵树上落了太多的鸟儿？又或是一轮落日或者月亮挂到了它的树梢上？好像是，又好像不是，最后的答案是，他是一个湖南人，口音很重，把"绿"念成了"累"。原来如此，我学着他的样子，朗诵着："我们的春天，好累啊。"

树木长出了绿色的翅膀，可是它们不飞走，更多的时候，这翅膀更像是一种装饰。

纪伯伦说过："树是大地写在空中的诗，我们把它们砍了做成纸，好来记录自己的空虚。"从一棵树开始，被砍伐，被压榨，成为一张纸，无数张纸被包装到不同的箱子里。

有的人用它们打印竞职发言稿，有的人用它们打印虚假广告单，有的人用它们打印撒网式情书，有的人用它们打印离婚协议书……

有人用手中的宣传单扇着风，用单薄的凉风驱赶一下热浪；有人则用它轰赶眼前飞来飞去的苍蝇。越是焦急，那热浪就越是滚烫；越是焦急，那苍蝇就越是狂躁，怎么轰也轰不走。

人们等待的那个人终于出现了，拿着厚厚一沓讲话稿，开始自顾自念了起来，空气的温度一下子又拔高了。

一个人要给孩子复印学习资料，他在装纸的时候被纸割伤了。这个男人，永远看不到这张纸的愤怒。我更愿意相信，这是一棵树小小的复仇。

一些字和另一些字，离得很近，却永不相见。所有的新愁铺在一张白纸的一面上，所有的旧恨在纸的另一面。一张纸，是它们的船，也是它们的海，是它们的家园，也是它们的天涯。我把这，也当成是一棵树，小小的复仇。

孙犁先生爱惜纸张，他写文章或者书信，用纸是不讲究的，但若遇到好纸，笔墨就要拘束，深恐把纸糟蹋了。

我从不舍得用一张白纸为孩子叠飞机。一张纸该写满字要写满字，该涂色要涂色，这就是它的圆满了。这张纸在写满字或涂满色彩之后，又被叠成飞机或者纸船，在空中飞行一圈，或去水里漂流一段，就已然是命运对它额外的恩赐了。

我习惯在稿纸上写作。别写废话，别无病呻吟，别矫情，写的字要有光芒，要有悲悯之心，要有精气神儿。我想，这样对待一张纸，应该会得到一棵树小小的宽容吧。

写到动情处，我会流下泪水。眼泪是写作者的墨水。此刻，当我的眼泪滴落到稿纸上，我更愿意把它看成是露水在滋润这张纸的前世——一棵幼小的树苗。而我若写出让人心向善、向上、向美的文字，那感觉就仿佛在一棵树上结下了慈悲的果实。

榆钱儿蒸面

岳母一再地让我们尝尝她做的榆钱儿蒸面，说好吃，吃了这口想那口。我们吃了，明显没有她说得这么夸张，倒是有一股子清新的味道在口里环绕，蛮特别。除此之外，再没有别的感受。

可是在这之前，岳母还有更夸张的说法。她说小时候家里穷，到了春天，她的妈妈就给她摘了很多榆钱儿，拌到苞米面里，加上一点盐，然后用大火蒸。出锅的时候，那种味道美极了，吃进嘴里，丢了魂一样。我实在想象不出来，哪种美味可以让人丢了魂儿。

正因为此，老了的岳母忽然就想再尝尝这口了，正好赶上春天，榆钱儿茂盛，一串一串坠弯了树枝。我就摘了些回去，岳母欣欣然为我们展示她多年以前的手艺。

看到我们并没有表现出多么强烈的欢喜之情，她也拿起一块儿放到嘴里，咂摸咂摸，说："咦？好像真的没有以前好吃了呢，味道差了许多。"

其实我没和岳母说，我小时候也是吃过榆钱儿蒸面的。但母亲的做法与她有很大的不同，因为母亲是把白面和玉米面掺到一起的，所以更确切地说，母亲做的是榆钱儿窝头。那种记忆中的味道，很难寻找回来了。

那时候我们喜欢爬树，一把把抓起成串的榆钱儿往嘴里塞，微甜又清香，真是好味道。每每回家晚了，母亲就会骂道："小兔崽子们，吃榆钱儿吃饱了，别吃晚饭了。"可骂归骂，照样把热好的饭菜端上桌。看着我们狼吞虎咽、风卷残云的样子，母亲又喜又忧。喜的是孩儿们对母亲厨艺的认可（其实现在想来，那完全是因为我们那时是半大的小伙子，正是长身体的时候，吃啥都香，就是吃猪食怕也会吃得狼吞虎咽吧）；忧的是刚刚月中，家里的粮就要吃空了，还有小半个月，再精打细算怕也是难以为继。家家吃供应粮，凭粮票买粮，我家人口多，每次不到月底米面就吃完了，做饭总是让母亲感到为难。

这榆钱儿倒是点亮了母亲的灵感，她突发奇想，把这东西揉进玉米面里是不是也可以做出一种吃食来。第二天，她就让我们去撸一些榆钱儿回来，我们不明就里，弄了一大袋子回来。

第二天，我们果然见识到了一种从未吃过的东西，打开锅，一股清香扑面而来，母亲说，那是榆钱儿窝头。

母亲忙活了很久才做好。首先，用清水多淘洗几遍榆钱儿，把它们充分地洗干净，并把水分沥干。洗净的榆钱儿放到一只大点儿的盆中,往里面先加入适量的面粉,再加入等量的玉米面粉,再加入适量食盐,最后加清水和成面团。和好的大面团,醒发20分钟,接着揪一块,大概40克左右的量,把它揉成一个外部圆实、内部空的窝窝头的形状。所有都做好后,摆放到锅帘上,灶膛里用小火蒸上20分钟左右就可以了。蒸好的榆钱儿窝头,满满的榆钱儿的清香味,口感软软糯糯,黏黏的,还有点榆钱儿的清甜味。

就因为记忆里的这个味道,再看到岳母做的榆钱儿蒸面,就少了那份惊讶,而多了一份亲切。

其实何止这榆钱儿蒸面,岳母记忆里好吃的东西太多,常常说得我们涨了食欲,可是真正做出来,却又减了胃口。

我们知道,并不是岳母的手艺退步了,再说,这也不需要什么特别的手艺。只是,我们吃过的好东西太多了,让我们的味蕾不再那么敏感。

不是它们美味不再,而是我们失去了品尝生活的能力。

愿我的字，在你们心间吐绿

我经常说，我的写作，不过是用另一种方式让日子发出光亮；用文字在别人饱经风霜的路旁种下一些花；用文字在公园的长椅上撒下一点阳光……我努力让文字拥有更大的能量，让灵魂更轻一点儿。

今天的粥糊了，没关系，文字让它有了咖啡味儿，香气弥漫，满屋缭绕。

我写下的字，我把它们当成信件，如果你读到了它们，那你就是收件人。放心，我的邮资已付，只要你喜欢，它们会源源不断地寄到你的眼前、你的心上。如果某个午后，你读着它们时，恰巧一片叶子落了上去，那你就把它当作我因你的收妥而盖上的安心的邮戳吧。

我的字，像月光。所有的人共享着一个月亮，可是在不同的眼睛里，月亮亦是不同的。所以，世上有无数个月亮，有多少双眼睛，就有多少个月亮。月亮们滚滚而来，奔向各人的心底，去照亮、去辉映、去暖。

我的字，像沙漏。沙漏吐着那些代表时光的沙子，让时间以这种方式示现。如此，我仿佛就可以控制时间了，我堵住沙漏，就是握住了时间的脚踝，并把它倒着提了起来。我可以逼迫它，把我生命里已流走的东西都还给我。

我的字，像葵花。直挺挺地向上、向上。直到有一天，很大的一阵风差点儿把它吹折，一只蝴蝶紧紧抓着它，它在悲悯中获得力量。我才知道，成长不仅仅是身体向上，还有灵魂向下，要扎根，要接地气，要一点一点，积攒琥珀般的香。

我的字，像泥偶。这些泥偶经常被敲碎，一些残渣倒入猪圈，一些被重新捏塑成了佛。佛陀的指尖儿外没有世界，一切都在他的五指之间。他的五指，是莲花的形状，他微微拈着的，是轻拿轻放的人间。

字词的骨缝间，偶尔流淌着疼痛的骨髓，偶尔流淌着欢快的小溪。早些年，我习惯在深夜写作，每天早早就睡下，然后午夜醒来。整个夜晚被分割开来，同一台电脑，妻子在前半夜用它编稿、看剧或者网购，我在后半夜用它写作。当我坐在电脑前的时候，总会看到妻子为我准备的零食。要么是几个西红柿，要么是两个烤好的鸡脖子、一听易拉罐饮料。有天夜里起来，我看到三个猕猴桃，整整齐齐地在那里排着队，呆头呆脑地，煞是可爱。忍不住回头看了看熟睡中的妻子，甜蜜地想，今夜所有的字都写给她一个人。

我的字，就像那些朴素的蔬菜，理想就是被端上人们的餐桌。所以，它们在抵达人们的厨房之前，淡扫蛾眉，盛装出行。

我更想我的字，可以变身为一把扫帚，去那些不幸之人的体内，把病痛扫走，把叹息打扫干净。

就这样，我用我的字，在尘世做一个善良的邮差。传递几粒药丸，给虚弱的病患；传递一朵玫瑰，给娇羞的待嫁女；传递几颗红豆，给怀春的少男少女；传递一朵莲花，给内心洁净的同行者；传递火焰，给即将冻死的人；传递月光，给饥肠辘辘的诗人；传递鸟鸣，给失明者；传递花香，给断足人……我只想用自己的善意搀扶一下摇摇晃晃的人间，把寒意一点点驱散。

一只蟋蟀在陪着我说话，我说不过它，我睡着了。它不停地说，一直说到天快亮了。

天快亮了，我的猫也要回来了。

愿我此刻写下的字，在你的心间吐绿。不，是在你们的心间吐绿。因为只有在每个人的心间吐绿，才是真正的春天到来了。为此，这些小小的春天的信使，从我的笔尖儿出发，整齐划一地抵达人间最深处。

第五辑
年轻的四滴眼泪

静。然后是净。再然后,是境。可以让心灵美好的几个台阶,如今,我走到了哪里?

丁香绕

楼下小花园里的丁香开了,一波又一波的香,环环绕绕,奔涌而来!

丁香花的个头极小,很单薄,但它们懂得抱成团,簇生着,一串串的,相扶相携。如此,才有了和别的花朵斗艳的勇气和信心。

道路两旁的花树被修剪得整整齐齐的,唯独它们不守规矩,淘气地向外探着脑袋,闪着不受束缚的、自由的光,像挂在竹篮外面的彩色铃铛。

虽然淘气,但它们并不做张扬之事,不像桃花和杏花,比着往脸上涂脂抹粉,争分夺秒地献媚,以求春天的恩宠。只是,妆化得太浓,显得不太健康,萎谢得自然也快,失去活力的花瓣蔫巴着,如同用旧了的手帕,百褶丛生,看上去甚至不如一棵草漂亮。

丁香花们却精灵得很，一个个仿佛商量好了一般，有先起床的，有后洗脸刷牙的，反正都不在同一个时间做同样的事。这样，你就会看到整树的丁香花此起彼伏地开放，这边的落了，那边的开。所以，它们的花期看上去要比桃花和杏花长许多。

丁香，绝不是什么高贵的名花，是普普通通的花。它们是这个城市里最多的一种花，超市门口、烧烤店前、大排档旁，都能寻到它们的身影，探着头，好奇地打量这个光怪陆离的尘世。有时候被烧烤店的煤烟熏得黑了眉毛，有时候被大排档里的客人用啤酒浇了头……即便如此，只要一场雨就够了，它们就会让自己变得干净起来，香气也依然纯正。它们的花落了，藏起所有的香气，可依然大有用途，浑身被挂满一串串彩灯，天黑下来，它们就会以另一种方式灿烂着。

每天清晨，伴着一阵阵花香传过来的，还有豆腐脑、果子、油炸糕、葱花饼的香味。小贩们的吆喝声也各有不同，有的急促、有的低缓、有的一咏三叹、有的荡气回肠，吆喝声对招揽顾客的作用很大，但最重要的还是你做的吃食味道要好，价格也合理，为人更要热情。

这几个小贩因为都是残疾人，所以受了市里的特殊照顾，给他们开了绿灯，让他们有一个自力更生的营生可做。每天早上，这几个摊位我都尽量光顾到，在"独臂张"的小摊上买一碗豆腐脑，在"哑巴西施"的豆腐摊买块豆腐，在"铁拐李"的小摊上买个葱花饼，在"盲阿婶"的小摊前买碗馄饨……

他们也懂得感恩，知道这份营生来得不易，每天早上忙活完都不忘把地面收拾干净。三轮车推走的时候，一点垃圾都没有，就好像这里根本没有人卖过东西一样，只剩下吆喝声，留在人、树木和花草的耳朵里。

贫穷、低微，但洁身自好，这一点他们和丁香很像，都是拼了命地把香气挤出来，活出一点奔头来。人世间，每个人都一样，都有属于自己的香气，但凡你有骨气，活出自己的气势来，都会开成一浪香过一浪的丁香花。

回到家，妻子并不讶异我买来的早餐花样繁多，也没有被葱花饼的香味吸引，而是在我身前身后走了一圈，抽抽鼻子，惊呼道："你的身上，怎么有那么多丁香花的香味啊？不知道的，还以为你喷了香水呢！"

那些安分守己的忧伤

　　一幅安静的画，是画家揉碎了自己的灵魂，蘸着回忆，勾勒出来的梦。欣赏这样的画，也要揉碎自己的灵魂，走进去。

　　文字，是我们对这个世界最好的倾诉方式。有时候我觉得自己是一只咯血的火狐，在雪地上奔跑，追逐自己的梦，留下美丽的脚印。

　　文字就是我们的舌头，就是我们舞蹈时跳动的脚尖。

　　我喜欢那些诗一样的句子。每个段落之间、每个词语之间，都有文字的香。每个汉字的缝隙，都漏着月光。

　　夜深人静，一个人伏在书桌上，向一张白纸倾诉着爱恨情仇的时候，我听到了时钟里秒针走动的声音，仿佛心跳，均匀而有力。心里就有了一种莫名的感动，为这个寂静的夜里，它的陪伴。就想到了生命中的那些过往，那些值得你留恋的人和事，不正如那不停走动的秒针吗？在生命中不停歇地跟随着你、陪伴着你。

躁动的人全去了街上,那里有烟火表演。我们常常这样贪婪,耳朵在倾听天籁,仍然奢求眼睛能够享受美景。

现在我的身边只剩下旧事和静物,那些安分守己的忧伤却带给我幸福的闪电,令我浑身战栗。

安安静静的幸福在身边,一刻都不曾远离。比如,屋顶上栖息的鸽子,像一小堆一小堆的白雪,让人无比担心,它们在某个炙热的午后会悄悄融化;比如,邻家的小狗跑到我的院子里来,趴在我的脚边,为我看家护院;比如,在清晨欣赏一幅安静的画;比如,在深夜写上几句对这个世界的看法……

静下来的时候,我看到很多事物:一只黑夜里的虫,披着透明的翼,正在咬碎花瓣上的露水。

我听到了自己内心深处的涛声。

静下来的时候,往事在心底慢慢融化。年少时光啊,一个个激动人心的夜,一首首胡言乱语的诗。那时候喜欢点上蜡烛,其实蜡烛是我们每个人的光阴。我们都是流泪的"植物",都在生长,只是一个向上、一个向下,我们和蜡烛朝着两个不同的方向奔跑,有着说不清的快乐,也有着说不清的眼泪,那是成长的疼痛。

那时,整个世界都在眼前,可以尽情挥霍。你把世界画成仙人掌的样子,世界就是仙人掌,宽阔、遍布荆棘;你把世界画成狗尾巴草的样子,世界就是狗尾巴草,顽强、纷繁杂乱。世界是你自己的。

　　静下来的时候，会发觉自己很轻。如同纸片，轻得没有了魂灵。案头的青花瓷，让我顿生仰慕之情，到底是那些花的芳香泽了瓷，还是瓷的清辉润了花？那是个永恒的秘密，任何人都无法破解。

　　我把自己隔开，从白天的牢笼里释放出来，走进夜的自由的丛林。关掉电脑，躲开那些虚幻的想象，躲开那些八卦新闻，听听角落里昆虫们微弱的喘息，才发现世界竟然如此纯洁。可是谁又能把那纯洁的世界珍藏，又在早晨铺开？

　　这个崭新的世界忽然让我感到陌生。世界静得，只剩下黑色。

　　这个夜里，只剩下幸福的呼吸，均匀、舒畅。仿佛快乐的孩子，为了催促自己快些睡下，一遍遍地数着那些枯燥的数字。

　　这个夜里，我安分守己。把忧伤的灵魂交给稿纸，交给画布，交给缓缓流淌的乐曲。

　　世界就那样平静，平静得有些出奇。公鸡照常催促着人们起来劳作，狗也照常用它的吠声维持着自己的生计，那吠声不外乎有两层含义：要么是在见到生人时为自己壮胆，要么就是在向主人讨取食物。

　　我想起一个人也是在那样安静的早晨静静地走的。那是教过我的语文老师，穿着干干净净的衣服，犹如一缕炊烟，带着人间最后的温暖，化云而去。我去参加他的葬礼，那葬礼也是安静的，甚至没有哭声。我喜欢这样送别的方式，只有低低的乐曲，不由得让人愉快地想到，我们正在护送一个灵魂赶往天堂。

等到一切都停下来，一切都静下来的时候，人就老了，就会感悟很多别人无法理解的幸福，比如找个好朋友，找个好天气，找棵结满果子的树，摇下几颗果子，然后坐下来，分享彼此无聊生活的点滴。比如默默地关注着一个你喜欢的人，你从不对她说：来吧，看我的内心，波光潋滟，是为你泛出的波澜。你不愿打扰别人，你活在你自己的世界里。你只会对着山谷，喊出你的忧伤，你的安分守己的忧伤。

我合上我的稿纸，让那支奔跑了一夜的笔，回到它的洞穴。阳光出来了，我却要去睡一会儿了，我去冲澡，我要把自己洗得干干净净才去睡觉，这是我的习惯。这让我想到了我的语文老师，想到了他的死亡。每个人每一天的梦乡，又何尝不是奔赴天堂之约的预演？

窗台上，一些昆虫已经奄奄一息。才发现秋的橱窗里，已摆满夏的遗体。便禁不住一遍遍地这样问自己：静。然后是净。再然后，是境。可以让心灵美好的几个台阶，如今，我走到了哪里？

芹菜的日常

临下班的时候,老婆打来电话,嘱咐我路过菜市场的时候买一把芹菜,晚上要包芹菜馅饺子。芹菜很嫩,掐一下有汁液涌出,我开心地付钱,不忘夸了一下小贩的菜,小贩被夸得很是受用,在围裙上抹抹手,挠了挠头,冲我龇牙一乐,把零头抹掉,皆大欢喜。

老婆把芹菜拿到水龙头下冲洗,然后整齐地码到案板上,切碎,剁馅。屋子里弥漫着芹菜特有的清香。

老婆问:"今天单位有啥新鲜事吗?"我说:"有啊,老王又说了几句好玩儿的话,要不要听听?"

"听听嘛!"

中午在活动室打台球,老王没了往日的威风,连续输给我们好几个人,他就扔出一句——二尺勾挠痒痒,都是硬茬。

晚上一起坐通勤车回家,聊起来某某住着大别墅,知足常乐、无欲无求的"佛系"老王又扔出一句——瞎的掉井,在哪儿还不背风。

……

老婆笑得欢快,芹菜馅也剁好了,和肉馅混在一起,倒上油,搅拌。老婆说,这个饺子馅要始终顺着一个方向搅拌,拌出来的味道才好。因为顺着一个方向搅拌,馅儿才有凝聚力,才会有咬头儿。就像粥一样,你不能为了让粥快点凉下来,就胡乱搅拌,那样,粥的味道就散了,不好喝了。

做人不也如此吗?东一下,西一下,乱打乱撞的,没有一个始终如一的目标,人生终是出不了什么成绩的。

没想到,饺子馅也能给人带来一点儿生活感悟。

有一个诗人,用芹菜做了一把琴。他是藏棣,他的短诗是这样的:

我用芹菜做了
一把琴,它也许是世界上
最瘦的琴。看上去同样很新鲜。
碧绿的琴弦,镇静如
你遇到了宇宙中最难的事情,
但并不缺少线索。
弹奏它时,我确信
你有一双手,不仅我没见过,

死神也没见过。

用芹菜做一把琴，这是多么丰富的想象力。但是说实话，这个谐音运用得看上去虽然不错，却有牵强之嫌，更多的是骨感的语句，缺了一点烟火气，我真正喜欢的是会令人深陷其中难以自拔的日常生活。比如，洗芹菜的那双手，与其说在清除茎干上的泥沙，不如说正在抚摸、调试那听话的琴弦；比如自来水的声音，和泉水一样美妙；比如锅碗瓢盆的碰撞，有着生活里最真实的触碰，让人有满满的踏实感。

芹菜被佛教徒称为荤菜，与辣椒和韭菜一样。在一般家庭，芹菜已是一种不可缺少的食材。芹菜的味道与牛肉最相配，清炖牛腱，最后下芹，美味无比。《蔡澜食材字典》称，无论是旱芹还是水芹，都有很特殊的味道，爱之者弥甚，恶之者亦弥甚。《列子·杨朱》中说从前有一个穷苦人，把自己很喜欢吃的水芹和豆类等蔬食推荐给乡间富人，富人便弄了点儿来吃。没想到这位富人吃后感到"蜇于口、惨于腹"。穷人的好心换来富人的不满。后来人们便以"芹献""献芹"作为客气话，表示"送上一件不值钱的东西，聊表心意，请不要见笑"。

"70后"对于芹菜应该是再熟悉不过的了，芹菜馅饺子应该是这代人吃得最多的一种蔬菜。这代人小的时候物质生活匮乏，冬天的时候，想吃点儿青菜，怕是只有白菜和芹菜了。它们配合完美，如果有大辣椒更好，往馅儿里加入一点，味道就更美了。

那时候的芹菜是我们生命中的"营养担当",真不知道,若是缺了它,我们的冬天将会怎样苍白。

芹菜根,母亲总是习惯埋到花盆里,这样,过几天,芹菜根就会发芽、长大,嫩绿的叶苗蓬勃向上。劈下几根炒土豆丝,别有一番滋味。

老婆包完饺子,把剩下的芹菜叶洗干净,她说芹菜叶比茎秆营养更丰富,那么好的叶子,实在不忍丢弃。她用沸水烫一下,颜色变作翠绿便捞出,放一撮盐、糖,滴几滴香油,再撒些芝麻,尝一口,清爽甘美!

老婆习惯一边做饭一边教我怎样识别菜的好坏。人过中年,身体的各种不舒服让她总是胡思乱想,害怕自己有一天先我而去,而我的生活能力实在堪忧,她担心我照顾不好自己,所以像个老妈子一样,叮嘱来叮嘱去。

此刻,这个除了母亲之外,我生命中最重要的女人正在教我怎样识别芹菜的优劣。她让我记住,好的芹菜叶子翠绿,没有黄斑、碰伤。梗脆,掐断,有汁液冒出。好的芹菜,看起来水灵灵的,发亮,茎秆平直,内侧稍微向内凹陷。

我说,好的芹菜必须经过她的手,没有她的陪伴,再好的芹菜也做不出一把琴来。

年轻的四滴眼泪

在我尚且年轻的时候,与一个不再年轻的人,在一节车厢里,有过一番争论。

落第一滴泪的时候,他嘲讽,他的笑意之下,我是个傻孩子。

落第二滴泪的时候,他沉默,嘴角仍有轻蔑之意,但已浅淡。

落第三滴泪的时候,他嫉妒地说:"年轻真好,眼泪可以如此肆意横行。"

那是我第一次听见有人这么评说眼泪。

的确是肆意横行的呢!不然,怎么就轻易地落下了。

不过是一节火车厢,不过是放了一曲忧伤的萨克斯曲《天堂里的另一天》,不过是想起了渐行渐远的她,不过是秋意甚浓……

我可以用一百种比喻说出我的忧伤,可他只是笑笑,他说:"形容词被你用得天花乱坠,也不过是一场应景的雪。"

在他眼里,我的一切他都了然于心。经历是多么奇幻的魔法师,它可以让一个人高高在上。

讲真话的时候,心里会落满冬雪,踩上去吱吱嘎嘎作响。

那个人接着就说起了他在世界各地留下的足迹,他奉劝我,那么多的地方可以走,何必固守一隅。

我说,某一段残墙上,刻着我和她死生契阔的誓言。

"让风去腐蚀和吹干它们吧。那是不负责任的信口胡诌。"

我怎么可以容忍,一个人如此亵渎我对爱的承诺。

在我的愤怒之下,他不再争辩,短暂的静默,然后缓缓地说:"走一走吧,离开一段时间,然后再听从灵魂的安排。"

我问:"流浪的人也是要回家的吗?"

他说:"没有人可以不回家的。"

我突然用自己也不能相信的尖得走调的嗓音说:"你带给了我人生最大的失望,你告诉我流浪是要回家的,那么死亡可不可以算作是家?你告诉我流浪的人也要回家,那么,你还鼓动我出去走一走?"

"是的,让你沉重地走,是为了让你轻盈地回。"

我的第四滴眼泪,浑圆硕大,滴到空盘子里,发出"叮"的一声响。我躲到窗帘后面,顺便用窗帘布擦着眼睛,看到了窗外的黑,以及不停跳跃着地活着的人们点亮的灯。多少人都如蚂蚁一样，在大地上活着，头上顶着一粒米，就是他们为之欢呼的光辉岁月。而我头顶的米呢？眼里的灯呢？

他说，每个年龄段都有每个年龄段的魅力所在，五岁以前，任性、调皮没人指责你，相反人们会认为那是你可爱的地方，可是五岁以后再任性就不该了。上学后的魅力是你的勤奋好学，工作后的魅力是你的积极上进。成家后的魅力是你有了担当，有了为人父为人母的责任。

"那么，现在的你的魅力呢？不是滴下你的眼泪，而是绽开你的笑颜。不是熄灭，而是点亮。"

我终于没有大声恸哭。只是落了那四滴眼泪，那是一个有些疼痛的夜晚。他下了车，我说我要接着再坐几站地，我对自己说，什么时候眼里的光亮起，就什么时候下车。

那个人很快发来短信，措辞优美，读来颇有韵味，仿佛一首无韵脚的诗——

"孩子，你像一只找不到归巢的小鸟，需要有人把你捧在手里。可是你自己先要把脚放回地面上。

"还好，你的眼泪是年轻的，所以清澈，一点都不浑浊。滴到我的手背上，也砸不疼我。年轻人的眼泪啊，总是来去自如，多好，像任性的小顽童，前一秒嚷嚷着离家出走，后一秒将妈咪拦腰抱紧。年轻的眼泪多好，可以肆意横行，没必要节省，任意挥霍。

"你们有任性的资本,你们有悔过的甬道。不像我们,肆意地落一次泪都是一种奢侈。我老了,你的眼泪甚至让我嫉妒,你看,它多么年轻,多么澄澈,多么像天刚刚亮的时候,那一滴挂在花瓣上的露珠儿……"

很多年以后的今天,我仍旧在读着这条短信。父亲,你的记忆力严重衰退,当然不会记得很多年前与我在一节车厢里的对话,不记得我流下的那四滴眼泪,更不会记得你亲手写下的这么动人的"诗句",可是我记着,我会替你珍藏。你说,我年轻的眼泪落于你渐渐衰老的微笑之上。可是父亲,我也正在老去,此刻,家是唯一可以抓住我的根。而年轻和衰老的标志,一个是对远方的翘首以盼,一个是对故土的念念不忘。

母亲的感谢

一

我居住的小区里,有一个被大家公认的好儿媳。那天,我看见她在大声鼓励着一个老人:"再走一步,加油啊!""100步啦!老太太今天又创纪录啦!"还一边兴奋地拿着手机拍照。

老太太是她的婆婆。已是深秋,空气里有着丝丝缕缕寒凉的感觉。她似怕把老太太冻着,给她穿得很厚,围脖手套一应俱全。自从丈夫出了车祸,撒手人寰之后,她就与婆婆相依为命地度日了。

祸不单行,婆婆又不慎一跤摔了个半身不遂。她坚持给婆婆按摩,每天都领着婆婆出去练习行走,哪怕一整天只有一小步的进步,她都热情地鼓励婆婆一定可以重新走起来的;而且,她自己也坚信,婆婆有一天会重新加入广场舞的行列。

她未孕，一直到丈夫去世也没怀上一个孩子，这成了她最大的遗憾。有人劝她抓紧再找一个，让自己将来不要活得太苦。她只是笑笑，说目前并没有再婚的打算，即便有，婆婆也是陪嫁，不然宁可单着。

　　每当婆婆言语不清地跟她比比画画，怕拖累她，让她把自己送到养老院去，她都会对婆婆说："您老放宽心。没嫁，我是您的儿媳；嫁了，我就是您的女儿。"她经常这样安慰婆婆，让她不要胡思乱想。

　　一把年纪的婆婆，记性越来越差了，有时会忘了儿子已经不在人世，便不住嘴地唠叨："咋还不下班，还不回家呢？"她听了，心里难过极了，可还是配合着年事已高的婆婆"演戏"，"您儿子今天加班，不回来了，您先睡。"第二天早晨，一觉醒来的婆婆脑子也清醒了，记起了儿子去世的事实，眼泪又止不住哗哗地淌。她边做着早餐，边安慰着婆婆："别难过了，您儿子提早去了那边，是在打点一切呢。说不定这会儿忙着置办新房子，等您老有一天也过去了，就可以安安心心享清福了。"老太太被她的善意逗笑了，竟多喝了一碗粥。

　　婆婆喜欢喝粥，她就变着花样做给她，绿豆粥、八宝粥、蔬菜粥、皮蛋瘦肉粥……一周都不重样。每次老太太能回忆起一点点的时候，都会泪眼汪汪地对她说："谢谢！"

二

　　有一次朋友约我小酌，酌出了他的悲伤。他讲，中秋节那天，他和姐姐把母亲从老年公寓接回家，吃了顿团圆饭。之后，老母亲死活都不肯再回去了，就像一个耍赖的孩子。任他们苦口婆心地劝，母亲愣是一言不发。可是，他和姐姐都是迫不得已才让母亲去住老年公寓的。姐夫常年卧病在床，需要姐姐照顾；而他那里虽说能勉强腾出一间小屋子给母亲住，但他和妻子都各忙着一摊子事儿，无暇照顾老人。那家老年公寓是他的一个朋友开的，对母亲自然会多上些心，何况那里的饭菜也应时可口，比他们自己照顾的条件其实要好得多，他们也更放心。母亲沉默了好一会儿，最后开了口："那地方啥都挺好的，就是太闷了，有点儿透不过气。"母亲一脸落寞，说，"给我一间小屋子就行，我能给自己糊弄一口饭吃。"说了那话，母亲就像个做错事的孩子，始终没敢抬头看他和姐姐的脸。后来，他和妻子商量了一下，决定依了母亲，不再送她去老年公寓了。母亲愣了一下，有些不大相信似的看着他们，然后就擦起了眼泪，不停地对他们说："谢谢，谢谢！"

三

　　另一个朋友也说自己的母亲。他说，母亲节的时候，他给老家拨了个电话,想和母亲聊几句,并祝她节日快乐。结果电话通了,母亲一个劲儿地问他有什么事。因为这些年,只有真的有了什么事情,他才会给母亲打电话。于是,他支支吾吾了好半天,也没说上那句"母亲节快乐"。太内敛的他不善于表达情感,总是不好意思把"爱"说出口。最后,要挂电话了,他对母亲说:"真的没什么事,就是想你了,给你打个电话听听你的声音。"母亲在那边沉默了一会儿,忽然说了一句"谢谢"。朋友说,那一刻,他差一点儿哭出来。母亲这习惯性的礼貌,让他羞愧,也让他心疼不已。

四

我父母的老房子要拆迁了,由于房产证上写的是祖父的名字,需要各种手续才能证明这房子归他们所有。我只好请假回去,足足跑了一个星期,才把各项事宜办理妥当。当我把父母接进了崭新的楼房,把写有父亲名字的房产证交到他们手上时,母亲突然说:"谢谢俺的老儿子,帮我们办这些事,费老大劲儿了!"

我说:"这就是儿子分内的事啊,怎么还成了帮忙了呢?"母亲笑笑,没再说什么,只是不断叮嘱父亲多买些我爱吃的菜。

母亲不舍旧物,很多都搬到楼里来,比如一个有些年头的脸盆,用来偶尔洗菜、接水浇花。艰难的时候,还用它接从屋顶上漏下的雨水，也拿它撮过外面的雪再放到家里的炉子上让雪化成水……这个具有多种功能的脸盆就很像我们的母亲。我们的日常皆由母亲打理，衣食起居、吃喝拉撒、缝缝补补，她每天都井井有条地安排一切，一辈子都在操心劳神，我们又何尝说过一句"谢谢"？而我只是做了一件微不足道的小事，她竟如此真诚地向我表达感谢，心里不免五味杂陈。

镀着阳光的金项链

那是一张永远无法定格在胶卷上的脸，那是裱在摄影家心底的一张照片。

那是一群贫苦交加的人们对美好生活的渴望。

那是很多年前的事情了，因为我的摄影家朋友略微懂得一些非洲语言，所以争取到了随同新华社的记者去索马里难民营采访的机会。他一直有一个愿望，要用相机记录下一个个难民们水深火热的日子，来唤醒全世界的善良拯救这样一群在死亡边缘挣扎的人们。他们有黑色的皮肤，有褴褛的衣衫，有在贫苦中依然闪亮的眼睛……

那是一个怎样的居住地啊，像城市里某个垃圾处理场，臭气熏天、尘土飞扬。战争让那里的人们流离失所，饱受了上帝揣在口袋里的所有苦难。

在那里，他摸到了儿童们瘦如鸡爪的手，听到了老人们临终时的哀号和呻吟,看到了妇女们惊恐的眼神……这些都在他的心底烙下了深深的印记。那里的每一个人,随时都有可能死去,一粒药片比一粒金子更珍贵,一次小小的感冒引发的高烧就会将人推下生命的悬崖。死亡就像一堆篝火熄灭一样,平常得已经不能让人感到伤痛了。

但让他无比惊讶的是,在他决定给他们照相的时候,不论男人还是女人们,都纷纷去洗脸梳头,把自己收拾得干干净净的,似乎是要赶赴一个节日一样。他想:再贫苦的人,对生活也是充满向往之心的。

其实,他们是在为自己守着那最后一点尊严,让全世界都尊重的,非洲的心。

我的摄影家朋友倾其所有,为他们照完了整个口袋里的胶卷。就在他要离开的时候,一个小姑娘跑过来拽住了他的胳膊,央求他为她照张相。他看到她将自己收拾得干干净净的,特别是她的胸前,竟然还戴了一串金光闪闪的项链,她似乎看出了他眼中的惊讶,笑着对他说了项链的秘密。原来那是她用泥巴搓出来的一个个泥球,然后用花粉涂在外面,串成了项链。

就为了做这条"项链",她才耽搁了照相。

他拿着相机的手在微微地颤动,他不能告诉她相机里已经没有胶卷了,他不能让这朵开在人世间最苦难之地的花在瞬息之间就凋谢,那是一颗真诚地热爱着生活的心啊。

她对着他的镜头绽放出灿烂的笑,他也不停地摁着谎言的快门，用一次次闪光骗过了她的期待。非洲女孩黑黑的脸和灿烂的笑，在那一刻永远定格在了摄影家的灵魂里，再也剜不掉。

回到大使馆后，我的摄影家朋友想尽办法向工作人员要了几个胶卷。他的心很乱，迫不及待地要求再回到难民营一趟，他想为那个女孩补照几张照片，前后辗转约有20多天。他不知道，这20多天，一个对生活满怀期待的生命就走到了生命的尽头。

她纤细的生命一直在飘飘荡荡，一次简单的感冒就让她永远地睡着了。

小女孩躺在母亲的怀里，已经离开了苦难的人世，胸前的那串项链依然镀着阳光的色彩，刺得人的眼睛有种无法回避的疼痛。

那母亲说，这20来天是孩子最快乐的日子，她每天都在盼望能看到自己的照片，看到自己在灿烂的阳光下，像花一样开放。

那母亲说，她临终前的最后一句话是："中国叔叔来了吗？"

这就是生命。在那最贫苦的地方，一个苦难的灵魂涂抹上阳光的色彩，变成珍珠，串成了美丽的项链……

对美的向往之心，让这个世界重新看到了自己的希望。

风筝的心

又到了放风筝的季节，可是我的城市上空却空空如也。莫非是与这城市积下了太多的仇怨，连云都躲藏起来，不肯给城市的天空一点梦想的色彩吗？

而我依然仰望，寻找那些飞翔的痕迹，寻找那只要一点点风就可以抖擞起精神来的风筝。

再次见到风筝，是在三月，一个破败的小巷里。一些蓝色的、白色的、紫色的欲要飞翔的念头，被一群孩子们嫩小的手提着，轻轻地，飘在一人多高的风里。

孩子们必须奔跑，因为只有奔跑才可以带来风。

老人们说，放风筝可以放掉人心中所有的烦恼和晦气，只剩下美好的愿望。人们相信，这些用心灵里最珍贵的情愫扎出来的梦想之鸢，可以把种种美好的愿望传达给上帝。

小时候没有卡通、没有电脑，却有广阔的草地放风筝。如今，孩子们有了各种各样的玩具，却再也腾不出时间和空间纵情奔跑，纵情追逐他们的梦想。所有的时间都被各种补习、培训填满，所有的空间都被钢铁、水泥占领。在这个简陋的巷子里，我看见风筝精疲力竭仍无法飘过城市的额头，气喘吁吁仍无法惊动半点尘俗。

孩子们在巷子里终于跑累的时候，其中一个把风筝举过头顶叹口气说，有风多好，有风它就能飞上天空了。另外几个孩子也如泄了气的皮球，蹲到地上，不停地抱怨着——

风都哪儿去了？

风都哪儿去了？孩子的话让我不禁一怔。风，被高高密密的楼群阻隔在外面；风，被机器的轰鸣赶往别处；风，藏在遥远的记忆里；风，躲进有歌谣的童年。小时候，我的风筝可以放得比云朵还高。在那么高的天空上，我的风筝和白云窃窃私语，那是我儿时最美丽的花篮，一直在我的记忆里晃来晃去。

风筝飞不起来，然而它们却是这座城堡里唯一长着翅膀的鸟了。它们醒着，心怀世界上最单纯的愿望：只要一点点风，只要一小片可以飞翔的天空。

天空不冷清，风筝不冷清，冷清的只有风筝的心。风筝，这春天里的邮票，何时能为孩子们邮寄来春天？

不知为什么，看着这些无法飞上天空的风筝，我的心里异常难受。尽管这是一些廉价的风筝，用最普通的材料制成，大概两三块钱就可以在任何一个商店里买到，但我还是希望它们能飞起来。这种希望点燃了我心中隐匿了许久的渴望飞翔的念头。我对孩子们说:"明天早晨在这里等我,我领你们去一个可以让风筝自由自在飞翔的地方。"

那个晚上,我挑选了最结实的竹签和最漂亮的桃花纸,精心制作了一个美丽的风筝。这是对童年的牵挂。我尽可能地将生命中所有美丽的色彩都绣到风筝的翅膀上,再扯一根长长的思念的线牢牢拴住它。我知道,我的童年不会走得太远。

风筝上的那些花朵,鲜艳得就像那群孩子的脸。我仿佛听见了风筝在说:

"给我一点点风,给我一点点与梦有关的颜色。"

第二天一大早,我带上亲手制作的风筝领着孩子们去了广场。广场上人头攒动。孩子们小心翼翼地打开风筝,小心翼翼地打开自己,然后奔跑、奔跑,风来了!风筝飞上了高高的天空!

我手中的线轴飞快地旋转,我的风筝追上了云朵,正在向它们打听童年的消息。

很多人站在那里不再走动。很多人仰起了头。很多人高声喊道:"快看,多美的风筝!"

那一刻,我感觉到,适合风筝飞翔的风来了。那些安静的、优雅的心灵回来了。

其实,它们从来就不曾丢失,只是有待呼唤。

轻盈的人前途无量

只有轻盈的事物才能不停地向上。韩松落说，带着轻盈上路的人，前途无量。

这轻盈源自一颗澄澈的心。心无杂念，自然通透。

如何让自己轻盈？放手是一个选项。葛丽泰·嘉宝曾经遇过一件给她的心灵带来深深的震颤的事，并终有所悟。有一天，她拍完戏后，从片场跑到了一家医院。她来探望好朋友莫妮卡。莫妮卡刚刚生了一个可爱的男婴。小家伙攥紧双手，不停地挥舞着，还不时"哇哇"地号啕大哭。可爱的新生命让嘉宝原本阴郁的心情一下子变得晴朗。与莫妮卡告别后，嘉宝走出了产房。刚好这时，一个钢铁大亨因肾病医治无效而死。他被推着从走廊里经过，后面紧跟着一大群哭哭啼啼的人。不经意间，嘉宝瞥见了死者悬着的一只手。每个人从出生的那一刻开始，双手就不断地在抓取、占有。然而，你的手抓得再多再紧，终究有一刻，它们还是会松开的。

陀思妥耶夫斯基在他的小说《卡拉马佐夫兄弟》中写道："每人在独自积聚财富，心想我现在是多么有力，多么安全，而这些疯子们不知道财富越积得多，就越加自己害自己地陷入软弱无力的境地。因为他已习惯于只指望自己，使自己的心灵惯于不相信他人的帮助，不相信人和人类，而只一味战战兢兢地生恐失掉了他的银钱和既得的权利。"

人们总是渴望不停地得到，总想抓住，不舍得放手。殊不知，财富、权力、荣誉等等，就如同沙子，你抓得越紧，往往漏得越多。

贪婪的心是沉重的，灵魂如何轻盈？

宽容是让心灵轻盈的另一个选项。宋朝权相章敦几乎将苏东坡置于死地，但苏东坡还是以大海般的宽容之心宽恕了他。当苏东坡知道六十五岁的章敦被放逐雷州后，他在给章敦的信中这样写："某与丞相定交四十余年，虽中间出处稍异，交情固无增损也。闻其高年寄迹海隅，此怀可知。但以往者更说何益？惟论其未然者而已……书至此，困惫放笔，太息而已。"同时在给别人的信中说："章敦到雷州，我知道后很惊叹，这么大年纪寄迹海角天涯，心情可想而知。好在雷州一带虽偏远但无瘴气，望以此开导他的母亲。"后来还托人给章敦捎去治疗当地常见病的药方。

某一晚，女儿在听完我给她讲的关于天使的故事之后，问我天使为什么会飞翔？

孩子的好奇心总是很强，为什么天使会飞，而人却不会？小时候，我常在水边和花丛里捕捉蜻蜓和蝴蝶，羡慕它们能够飞翔。后来我做了无数个风筝，跟天上的鸟比翼齐飞，也总是梦想着自己有一天能够飞起来。

古人用巨大的翅膀和炸药未能完成的梦想，今日用火箭和飞机实现了。那么，怎样才能让自己的心像天使一样飞翔呢？这让我想到美国的一句谚语：天使能够飞翔是因为把自己看得很轻。

可是这样的解释，对于孩子来说，他们听完后怕是一团雾水吧。

"天使是爱的使者，"我对孩子说，"天使能飞翔，是因为她们手里拿着爱的蜡烛；天使能飞翔，是因为她们在心中种下了对别人的祝愿。而且更重要的，她们还有一对优雅的翅膀。"

这就是如何让自己轻盈的最后一个选项——为心灵注入爱和优雅。

缝补

　　一把旧椅子的一条腿断了，不用找木匠，自己修一修，还能继续坐着。哪能什么都求别人呢？父亲就曾经这样和我说过："谁一生没个磕磕碰碰的，能自个儿修就自个儿修。"这生活里，需要修修补补的地方多了，谁的一生没有点儿缺失和漏洞，没事儿就修修自己。残破不怕，别凋零就好。残破，我们还可以一点一点把它修补好，日子，就是把一个个碎片重新黏合的过程。而凋零，却是让一颗心跌落深渊，永远无法再攀登上来。

　　有时候，我总是喜欢向灵魂发问——你的故事七零八落的，有没有人可以把它们缝到一起？把那些故事都缝起来，悲剧是不是就可以有一个美满的结局？所有丢失的时光都缝在了一起，死去的灵魂是不是就活了过来……

　　抗日名将陈中柱将军在一次战斗中壮烈殉国，被日军割掉头颅。其夫人王志芳孤身一人闯入敌军司令部要将军的头颅。日军司令被其举动震惊,双手奉上装有将军头颅的木匣。夫人在昏黄的灯光下,一针一线把将军的头颅与身体缝合,一边缝一边说:"你疼吗?忍着点儿啊,我的心比你更疼啊!"

——这是悲壮的缝补。

我不会缝补,但母亲经常让我帮她"引针",我把一根线小心地穿进针眼,交给母亲,母亲就替我把生活里的漏洞缝补好。当然,总是要有些痕迹的,母亲用最小的针脚,尽量使那些痕迹淡一些。这是来自母亲的手艺,她用最温柔的手给受到创伤的儿子最妥帖的关爱。而现在,母亲看不见了,缝补的事情便由妻子来做了,她也会让我帮她"引针",妻子低头缝补的时候,我看到她的头上很多白发如野草般蔓延,以至于当我把针线交给她的时候,经常出现错觉,以为把针线再一次交到了母亲手里。这两个我生命中最重要的女人,接力为我缝补着破碎的日子,尽量使它们圆满,看不出悲伤的痕迹。我把妻子手指上的顶针和戒指同时取下来,发现它们留下的印痕是如此相似,一个是勤劳的烙印,一个是幸福的痕迹,或许,它们本来就是孪生姐妹。

——这是温情的缝补。

一对父母为夭折的孩子写了这样一段墓志铭:

墓碑下是我们的小宝贝

他既不哭也不闹

只活了二十一天

花掉我们四十块钱
　　他来到这个世上
　　四处看了看
　　不太满意
　　就回去了

　　孩子的离去，让这对夫妇的心上裂出巨大的伤口，但他们必须面对现实，还要用无数的光阴去补缀那裂痕。
　　——这是悲伤的缝补。
　　我家门前的那条马路，经历了无数次手术，又无数次愈合，转眼间又开始化脓，又一次被切开皮肤。仿佛那条马路下面埋着无数黄金，人们反复搜寻，却又一次次无功而返，害得它浑身贴满狗皮膏药。
　　——这是另类的缝补。
　　有人曾说过，人生这道题，怎么选都会有遗憾。夜深人静，就把心掏出来缝缝补补。一觉醒来，又是信心百倍。活着，就是要逢山开路，遇水搭桥。自度是能力，度人是格局，睡前原谅一切，醒来便是重生。生活本身就是由数不清的碎片组成，哪个人的人生又不是反反复复、缝缝补补？能覆盖我的，总是低于我的尘埃。能缝补我的，总是比我更凄苦的补丁。与其埋怨支离破碎的生活，不如认真缝补伤痕累累的心。
　　对于这个残缺的世界，所有的灯光、所有的花瓣都是可以用来缝补的补丁。我们用一个个美梦，缝补着那些四处漏风的夜晚。漆黑是夜晚的皮肤，但灯光是夜晚的眼睛。继续睡吧，人过中年，要省下一半的力气，去应对后半辈子的鸡毛蒜皮，更要留下一半的力气去缝补前半辈子留下的伤口。

掀起生活的盖子

换了新房子,母亲从乡下赶来帮忙。搬家当天,刚好六点钟的时候,我和妻子还没睡醒,母亲就已经把电饭锅从旧家搬到了新家。按照习俗,锅里要放上一些高粱或者玉米之类的粮食,以预示以后的日子"节节高"之意。可是当妻子掀开锅盖,看到里面只有一块儿很小的昨晚吃剩下的发糕,不禁有些不高兴了。她嘴里不停地埋怨母亲,说母亲破了习俗,担心以后的日子会有诸多不顺。我在心里也直嘀咕:母亲是怎么了?这么大岁数了还不懂搬家的习俗吗?母亲在那里不停地搓着手,像个做了错事的孩子,不知该如何是好。后来我打趣道:还是妈妈心细,这发糕的意思不就是让我们一边"发财"一边"高升"嘛!听到这样的解释,妻子改怨为喜,还不停地后悔自己错怪了母亲。

不过我也有些后怕,那万一锅里放的是一块锅巴呢?纵使我有三寸不烂之舌,怕也是无法搪塞过去吧。

二十年后的同学聚会，见到年少时一直暗恋的她，风韵犹存。只是待她一张口，味道全变了。那些脏话从美人的口中冒出来，就像吃着美味，忽然撞见了苍蝇。不觉感叹造化弄人，物是人非。

这回忆不就是一个蒙着盖头的美人吗？你只消静静地去观赏吧，不要掀开那盖头，问，吃了吗？不等作答，已然先放了一个突兀的屁出来。

看过一首叫《喂鸽子的少女》的诗歌，甚是喜欢。诗中写道：

> 残损是生活的宿命 唯你弥补
> 鸽子飞翔的弧线 切割
> 铺满苔藓的石头 渗出 太阳的血
> 你的目光 是太阳的 光辉
> 生命 随之转了180度
> 少女的忧郁 是 莫名的
> 空气清晰起来 你的手指是神的
> 拈起 生活的盖子

诗中的描述是美好的，然而生活远要比诗歌现实得多。

每天擦不完的灰尘，每天数不清的埋怨。和镜子比起来，灰尘似乎更贴近我们的生活。有时候，它甚至可以代替镜子，照出我们的前世今生。

拈起生活的盖子，你或许会看到蒸熟的馒头或包子；拈起生活的盖子，你或许会闻到令人作呕的下水道的味道；拈起生活的盖子，你或许会听到幸福的彩铃；拈起生活的盖子，你或许会漾出欲望的泡沫……

拈起生活的盖子，你看到蜜蜂终日奔忙终日酿蜜，却不占有蜂蜜；拈起生活的盖子，你看到一个穷人紧紧护着钱袋，成功地躲过了一次偷窃；拈起生活的盖子，你听到大人们在不断地向孩子们解释：不是蛇，是绳子；拈起生活的盖子，你发现幸福被人抢占完了，只剩下谁也不要的痛苦。

拈起生活的盖子，你看到爱人头上大簇大簇的白发，那是光阴的债务，两个人相濡以沫几十年，彼此的眼里长满了老茧；拈起生活的盖子，你流了一滴泪，多少河流的水，涌入大海，都不会使大海拥挤，你的一滴眼泪，却挤疼了大海。

拈起生活的盖子，如同打开一本心仪的书，下一页在纸的背面，像绳索，拎起一串人物命运的不可逃脱；拈起生活的盖子，如同打开当下的生活，第二天从今夜翻过，像小说，延续着终结前的不可捉摸。

母亲这把干柴

在外地工作的时候,母亲在给我的信中说:"留给你的一树李子,熟透了,一个一个落到地上,最后一个都落了,你还没回来!"

我仿佛看到母亲站在那李子树下,忧伤地捡起最后一个李子,内心该是怎样的落寞和失落!

我看到了那个佝偻着的身影,那一把我赖以取暖的干柴。

终身的劳碌让母亲驼了背,这一点和外婆很像。外婆老的时候,腰弯得厉害,随时都有吻到脚背的可能,看上去仿佛一个悲伤的句号。

如今,母亲也在通往"句号"的路上。母亲这一生承受着多少失望,又扶着多少希望,倚在门框,望着我们回家的路啊!

我为何不能早一点迈进她的门槛?

小时候的深秋,母亲常常带着我去郊外割荒草回家做引火柴。那时候母亲力气很大，腰也不驼，所以她的柴火总是很大的一捆，母亲扛在肩头一点也不吃力，甚至不妨碍和我玩耍。没想到，很多年后，能让我最确切地形容母亲的词汇，竟然就是这把干柴。

母亲扛着家的重担，也扛着一家人的暖，因为爱，那担子再重，她都不忍换一下肩膀。母亲低眉顺眼了一辈子，只为了给家的灶膛里添一把柴火。

母亲，孤单的背影是我眼中的繁华。以此为枕，推开一个又一个清晨。任我怎样在梦里奔腾，也走不过她目光里的哀切。

没有玩具，母亲给我们做。缝沙包、扎毽子、用硬一点的纸画扑克，我们的童年无忧无虑。贫穷让我们消瘦，却并未让我们晦暗，为了在风中唤醒一盏灯笼，母亲耗尽了整整一生的柴火。

母亲骨子里是个浪漫的人，但凡父亲单位里发了电影票，不管刮风下雨还是北风呼号，都会领着我去看。我记不住片子的内容，记住了母亲的怀抱，那种温暖让人贪恋，往往电影还没看完，我就睡着了。回去的路上，母亲叫不醒我，只好背着我，怕我感冒，就用她的外套蒙着我的头，自己穿着单薄的衬衫闯进风里，扣子开了，也来不及去系。

我贪玩，天黑了也没回家，母亲出来寻找，一遍一遍唤着我的名字。很远我就能听见，手提灯笼的母亲，是离我最近的一片海。

母亲这把干柴越来越轻了。我们和岁月都是榨汁机，压榨得母亲,再也滴不出一滴汁液来。

母亲老了。生病的时候,我抱着她上手术台,母亲很轻,骨头仿佛都变成空心的,一点分量都没有。让我想起在生活最困苦的时候,母亲掉着眼泪说:"如果谁肯把我买了去,我倒也乐意,给你们换几顿饱饭!"

可是母亲这把干柴卖不上好价钱,又轻又瘦的一捆,谁都不肯瞧上一眼。

有一次回家小住,我执意睡在母亲身边,像小时候那样,依偎着她。孩子好奇地问:"爸爸,你这么大了,为啥还让奶奶抱啊?"我说:"爸爸虽然长大了,可是在你奶奶眼里,爸爸永远是个孩子。"

母亲可以变得越来越小,但是她的怀抱却永远宽阔。

那一夜,我在和母亲有关的梦里取暖,习惯性失眠的母亲,她的梦又在哪个角落里飘移呢?

梦里的母亲步履蹒跚,可不知为何,我怎么追也追不上她!

你看不见白天的星

二十岁的时候，我经历了人生中的一次"山穷水尽"。由于轻信了一个社会上的所谓朋友的鼓动，和他一起倒卖点新鲜的小商品，自己没有本钱，只好从他那里借了500元。结果，发财的梦还没开始做就醒了——由于没有合法手续，商品被工商局的人没收了。那个"朋友"让我还钱，我说让他宽限几天，他说宽限可以，但是再还就得还1000块了。不然就得在我身上留下点记号啥的！我当时就傻眼了，没办法，只好硬着头皮和父母说了这件事。

1000块，在20世纪90年代初期，对于我们这样的穷人家是一笔很大的钱。我闷头不语，母亲唉声叹气，唯有父亲，从头到尾没说一句话。甚至，我怀疑他是否听进去了一句，他微闭着眼，好像要睡着了。

"睡觉吧！"父亲打着哈欠说，"不是还有几天时间吗？

愁啥?"

父亲这样一副不痛不痒的样子,好像事不关己。倒是急坏了母亲,像热锅上的蚂蚁,张罗着给我想办法筹钱。

母亲把亲戚家借了个遍,还差400元,母亲真是一筹莫展了。还剩最后一天的时候,父亲忽然就从兜里掏出一叠钱来,仔细数数,差不多有500元的样子。

我和母亲的眼睛都直了,父亲这是从哪里变出来的钱呢?

这时候我们才注意到,父亲浑身上下全是泥水。父亲给别人家插秧,别人一天干8个小时就累得不行了,他干10个小时,一天赚七八十元,干了七天,正好给我赚回来一个"柳暗花明"。

如今,父亲老了。深秋的时候,我回去看他,与他在火炉边唠着家常。父亲忽然就发出了鼾声,我不忍心打扰他,站起身想去把窗子关紧些。父亲忽然一下子站起来,赶在我前面关好了窗子,然后又回到炉子边的藤椅里,鼾声再次响起,就好像刚才的一幕是他梦里的事情。

从小到大,我们习惯了父亲的照顾。晚上睡觉前,所有的门窗父亲总是挨个检查一遍,每次出门前也会把所有水电开关检查一遍,使我们安全而又幸福地活着。

诗人老井在一首诗中写过这样令人动容的句子:

俺拼命刨煤

> 只是为了找到三十多年以前
> 被一堆碎炭埋在井底的爸爸

这诗句令人动容，没有父子相处的画面却胜过万千回忆的镜头。他一直寻找三十年不见的父亲，因为寻找，父亲就一直活在他的心里。

另一位诗人朋友和我讲过他的父亲。他说有一次，他偷了别人家的东西，父亲用绳子绑住他，用皮带狠狠地抽打。父亲死的时候，他用的也是这根绳子，把父亲的棺材绑得结结实实，抬到了后山。

他说，这根绳子，把他和父亲的魂魄紧紧绑在了一起。

这也让我想起自己的父亲，他也有脾气暴躁的时候。小时候淘气，穿着他给我新买的白球鞋疯玩儿，结果不小心，一只脚就掉进了他为了种菜沤肥而挖的一个粪坑里。父亲气得操起一根柳条抽打我，胳膊上立马现出几条鞭痕，红肿了起来。我疼得一个劲儿地求饶：再也不敢了！为这件事，我一度在心底怨恨了父亲很长时间，为了一双鞋子下那么狠的手。可是每当想起后面的画面，心便温柔下来——他在一个大洗衣盆里，仔细地刷洗着我那只掉进粪坑的鞋，尽力将它还原为本来的洁白。

现在，忽然觉得，被父亲责打一顿是一件多么幸福的事。

如果母爱是阳光，时时刻刻能感受到她的照拂，那么父爱就如白天的星,看不见但真实地存在着。那永恒的恩情总在暗处,悄悄地给你创造一个个"奇迹"。

我置身于幸福,却忽略了幸福的根源。就像停电之后,我才想起,我多么需要一根,哪怕有些弯曲的蜡烛。

第六辑 我是我们的偏旁

有爱的日子,爱人,爱猫、爱狗,爱生灵,爱世间万物,一切由心,一派祥和,其乐融融。不缺少爱的人,每个庸常日子里的一缕饭香,甚至一丝风,一缕阳光,都可以是礼物。

赶路的荷花

万宝公园的荷花开了,可惜母亲再也看不见了。她上了年纪之后,视线越来越模糊,渐渐就什么都看不清了。

可是,我还是会领她来看,我会跟她讲今年的荷花开得又多又好,花朵饱胀得厉害,荷花池都装不下的样子。母亲听得入神,微笑着点点头。

荷的花期甚短,花开也就仅仅几日,继而生莲子。它一生不敢懈怠,急匆匆地赶路,生怕错过了每一缕春风和每一寸光照,甚至,凋落的时候,都来不及叹息一声。

这急匆匆赶路的荷花像极了我的母亲。我见过母亲年轻时候的照片,是优雅的美人样貌,生下我们之后,她的青春便急匆匆地流逝,艰苦的生活把她曼妙的身姿侵蚀殆尽。她要照顾一大家子人的生活起居,还养了一头猪、一群鸡鸭鹅,抽空还要去打点儿零工贴补家用。打记事起,母亲给我的姿态永远是急匆匆的、忙碌着的，仿佛有干不完的活儿。

虽然母亲总是急匆匆的，但骨子里的清雅、干净、恬淡与和善是藏不住的，那些美好的品质就如同荷香，飘散在生活的池水里。

母亲喜欢电影，记忆中母亲唯一的一次奢侈是她独自看了一场电影。那时候，影院里演她喜欢的《庐山恋》，她安顿好我们，并叮嘱父亲让我们早点儿睡觉，自己一个人去了影院。半夜回到家，看到我们都还没有睡，母亲如做了错事一般深怀愧疚，表示以后再也不扔下孩子自个儿去看电影了。母亲，把自己少有的一点爱好也默默地收藏起来，甘心地、陀螺似的围着这个家转。

从来没有见过她在我们之前睡过觉。那个时候，我很好奇，母亲睡觉是什么样子。终于有一次，贪吃了两块儿西瓜，我在睡梦中被尿憋醒。上完厕所回来，我像猫一般蹑手蹑脚地蹭到母亲的床边，想借着月光看看母亲睡觉的样子，却忽然听到母亲说："快上床，盖好被子，秋天了，别着凉。"我很讶异，本以为一点声响都没弄出来，却还是没能躲过母亲的耳朵。母亲总是这样，我们一丁点儿的响动都会让她震动。

母亲学什么都快。记得当年家里添了台缝纫机，母亲从单衣到厚棉衣，都能做得与店里卖的一样得体。那时，好多人家还没缝纫机，母亲便经常抽时间给别人无偿地缝补，缝个裤脚之类的。母亲还买了一套理发工具亲自给我们理发，免得我们去理发店花钱，久而久之，她理发的手艺越来越好。邻居们有时候就过来让她帮着理，只要有空，母亲有求必应，并且乐此不疲。

　　荷花落了之后，莲蓬便举了起来，仿佛是为那些凋落的花魂举起一盏灯。大自然是神奇的，造出这样一个让人喜爱的事物来，像浴室里的花洒、厅堂里的吊灯……众多的比喻里，我觉得它更像蜂巢，因为无论是外形还是内部结构，它们都如出一辙，以至于我总是想象着那深邃的小孔里面，会不会飞出小蜂子来。

　　母亲是从什么时候开始慢下来的，我记不清了，但我清楚地知道，母亲已老成萎蔫的枯荷。即便如此，她依然把自己挺立成倔强的莲蓬，不肯向岁月低头。她终于不再急匆匆地赶路，她开始喜欢熬粥，厨房里四季都会放着一袋莲子。煮粥的时候放上几粒，熬出来的白粥就多了清香。母亲常说，人世走一遭，别怕吃些苦。比如这莲子，虽苦，却有着消除燥热的功效。我喝一口白粥，大米和莲子糅合到一起的香味在舌尖环绕，那是母爱的味道，也是尝遍生活的滋味后沉淀出的一份清净心。

　　现在的母亲，眼睛看不见了，每天生活在黑暗里，便经常陷入沉睡。我坐在她的床边，终于能仔仔细细看她睡觉的样子了——轻微的鼾声，均匀而带有节奏感。母亲的样子依然是荷的样子，只是这荷已落，飘零破败。我也知道，终有一天，母亲会成为一粒莲子，像佛的舍利，珍存于岁月的盒子里，护佑我们平安。我不免落泪，不承想一滴泪就惊醒了母亲，她颤巍巍地伸出手来，摩挲着我的脸，询问我怎么了。

　　不管母亲是什么样的状态，一滴小小的泪水落到母亲那里，总免不了成为浩瀚无边的海洋。

月亮药片

朋友哽咽着，苦难像卡在喉咙里的鱼刺，咽不下去，吐不出来。他的女儿在五岁那年患了血液病，几年里不间断地救治，本来病情挺稳定的，忽然间抗体消失，情况十分不妙。孩子像个易碎品一般困在家里，不能上学，不能户外运动，没有伙伴，不停地吃药、输血……她的世界充斥着消毒水的味道，本该大好的年华却变得雾霭沉沉。这一次，医生告知他们，他女儿的病情已到重Ⅱ级，没有人知道她还能活多久。朋友想去北京再试试看，昂贵的手术费迫使他向我们开口借钱，他说："白天，女儿趴在窗台上，看窗外奔跑玩耍的孩子，晚上，趴在窗台上看月亮。你不知道，我这心就像被刀割了一样。她还是个花骨朵啊，不该就这么碎了！"

我想象着那可怜的孩子用沉默喂养着她的孤独，白天，任其长成狮子、大象；夜晚，任其长成高大的松柏，她就爬到上面，听风、赏月、够星星。我想,孩子在看月亮的时候,一定渴望着被月亮治愈吧。

朋友沧桑了许多,再无曾经的意气风发,孩子的病抽走了他心头所有的火苗。我轻拍着他的肩膀,但愿可以掸去他一星半点儿的苦痛和忧烦。

事实上,不好的事情每天都在发生,人世间的每个生命都命运未卜。比如刚刚听到的一个悲伤的故事:一个老太太有三个儿子,他们均外出谋生十余年,杳无音信。老太太把所有的力气都耗尽也没等到儿子们的归来。她吃的最后一顿饭是一碗有些发霉的剩饭,就着一碗土豆汤。那是邻居阿婶帮她做的,因为她的胳膊已经拿不动锅铲了。那个午后,她蹒跚着走向埋着自己丈夫的坟地,用最后的力气拧开一瓶农药,喝了下去。

我不语,但内心悲情的火山随时都可能喷发。所以,我把它写到这里,并且用我的文字邀请月亮,替那个可怜的老人盖一层薄薄的轻纱吧。

另一个朋友和我说起他得了阿尔茨海默病的父亲。他说父亲以前很健谈,哪怕是和一个陌生人,只要打开话匣子就会滔滔不绝。可是现在,父亲更多的是沉默,不是他不想说,而是他实在想不起来该说些什么。他的生命似乎一下子就被掏空了,记忆里空空如也、寸草不生。当然,父亲偶尔也会"灵光乍现",那些本以为枯萎了的记忆中的人和事统统复活了,发芽的发芽、开花的开花,从他的嘴里冒了出来,想捂都捂不住。谁家的牛最能干,谁家的马活得时间最长,谁家偷了谁家的鸡、鸭、鹅……可是更多的时候,父亲只是安静地坐在那里不发一言,一会儿用左手数着右手手指,一会儿用右手数着左手手指,像一个等着老师表扬的孩子,又像一个在舞台上忘了词的小丑,在命运面前手足无措。朋友说,幸运的是父亲临终前认出了他,用尽最后的气力握着他的手,留下一滴浑浊的泪。那是父亲盖在这尘世的,最后一枚与亲人相认的印章。

我想,自从得了阿尔茨海默病,孤独便以最残酷的方式烙在了他的身体,始终无法抠除,除了死亡。不,死亡也不例外,你看,那墓地上长出的树,是孤零零的一棵;花,是伶仃的一朵;绕着它飞的蝴蝶,也仅此一只。好在月亮出来了,它照着那座孤独的坟,那些孤单的树啊、花啊,把它们变成两座、两棵、两朵。

我想起自己结婚后那段最苦的日子,孩子发烧了,我们却连最便宜的退烧药都买不起,就抱着她,一夜不睡。那一夜,我和妻子只做了一件事——不停地用凉毛巾为孩子擦拭心口、手心和脚心,和她一起看月亮。那天的月亮很大很圆,我看成一粒巨大的药片。

那一夜之后,孩子体温恢复正常,身体好了起来。我把这归功于月亮药片,月光,真的是可以消炎的吧。

为此,我经常有购买一小片月亮的想法,但总是苦于找不到收银员。

什么时候喊疼

1939年，五十岁的阿赫玛托娃因为患有严重的骨膜炎住院治疗。在与朋友闲聊时，她轻描淡写地谈起刚刚结束的手术，"大夫为我的忍耐力感到惊讶。我该在什么时候喊疼呢？术前不觉得疼；做手术时因钳子搁在嘴巴里喊不出声；术后——不值得喊。"

阿赫玛托娃是一个很能隐忍的女人，命运将她击得千疮百孔，可是她依然对生命高唱赞歌。她从不轻易喊疼，这反而更让人心疼。这件事验证了阿赫玛托娃的坚强以及无比卓越的抗打击能力，但这并不能说明她不会发泄痛苦。她是智慧的，她不能让疼痛这根刺长在心里，迟早要拔出来，不然伤口会化脓。于是，她找到了一个出口，那就是诗歌。她把她的疼痛揉搓、捣碎，悉数放到诗行里，于是，"俄罗斯诗歌的月亮"，光芒万丈。

刘震云的小说《一句顶一万句》里，灯盏死了之后，老汪的那些举动令我动容。灯盏死时老汪没有伤心，甚至还说："家里数她淘，烦死了，死了正好。"可是一个月后，当他看到灯盏吃剩下的一块月饼上还有着她的牙印，悲痛便不可抑止了，"心里像刀剜一样疼"。"来到再一次新换的水缸前，突然大放悲声。一哭起来没收住，整整哭了三个时辰"。

有些苦痛就像那月饼上的牙印，让人一下子找到"发泄口"，泄掉了内心奔涌而至的悲伤的洪水。

女儿每天都会把芭比的脑袋和胳膊卸下来，然后给她穿上新的衣服，再重新装上脑袋和胳膊。她乐此不疲，我猛然觉得，自己又何尝不是命运的芭比，一次次被它肢解得七零八落，然后又一次次地慢慢组装、愈合。疼痛，是这其中不可或缺的黏合剂。

清晨，我看见一个人从下水道爬上来，另一个人从32楼走下来。他们正好相遇，一个说，下水道堵了；一个说，楼顶有人在吵架。

下水道隔三岔五就堵一次，疏通的人勾出了很多头发丝、烂菜根，而我们还能顺着水管，隐约听到不断地争吵、怨怼。这一地鸡毛把生活的管道堵得满满的。

许久没有好消息了，这日子，就灰暗下来。房檐下滴雨，门后长青苔。工资原地踏步，检查身体，"三高"变"四高"，状态差，没灵感，写点东西就如同便秘……

诗人江一苇说，一个卑贱的人，因为懂得顺从而得以苟活，得以穿过人世间最窄的裂缝。人生也需要必要的顺从，所以，不妨很大声地喊一声疼,把生活里所有堵的地方都疏通一下。

打针叫人心里紧张的永远是擦拭酒精的那几秒钟,等你疼了想喊的时候,针已经扎进皮肤了。这就是生活,就算喊疼也要瞅准时机。

罗曼·罗兰说,真正的英雄是认清了生活的真相,仍然热爱它的人。在我看来,生活的真相就是苦乐纠缠,不死不休。我们的身体上,每一寸都刻着被时光钟爱的甜蜜与悲怆。我们需要歌唱,也可以随时喊疼。

疼痛是命运送给中年人的礼物。不信你试一下,假装这是个不眠之夜,假装有人一边数羊、一边念叨你的名字;假装流星坠落,砸中你的愿望;假装这天地间开了一扇门,允许你的怨恨跑出去;假装大雪封门,你不用上班,安心在屋子里写信,人过中年,收信人只有一个——岁月;假装朋友们没有离散,那壶酒还没有喝光,酒精膏还没有燃尽,砂锅还冒着热气,杯盘狼藉,没有拾掇,可是莫名地觉得那个时候更干净,也更充满生气……

你在这么多的"假装"后面,有没有喊疼?如果有,告诉我,我陪你一起泪流满面。

人心这根弦

　　人心是一根弦，弹得出世间最美的天籁。因为善良和爱使那根弦充满光泽和芬芳。轻轻弹起，有星星抖落，有露珠溅起，有鸟鸣响起，有花香弥散。

　　《读者》曾经贴出一组14张照片的"温暖的瞬间"：一家洗衣店贴出一张告示，如果你失业了，但需要一件干净的衣服参加面试，我们愿意为您免费清洗；一个患自闭症的男孩，过生日没有人来参加他的生日会，他的妈妈在网上求助，结果来了一群可爱的消防员；星期天，在城市街头，一个时髦的发型师为流浪汉义务理发……

　　这些温暖的瞬间都是那弦上抖落的星星、溅起的露珠、响起的鸟鸣、弥散的花香。

　　人心为弦，蹦跳着鲜活的音符。

　　但也有不美好的黑斑，暗疮一样贴在城市的肌肤上。

三月五号时,孩子们都来敬老院看望老爷爷,给他洗澡,老爷爷很高兴。过了一会儿,又来了一位小"雷锋"要给老爷爷洗澡,老爷爷无奈地又洗了一次,最后老爷爷直接不穿衣服了,等着小"雷锋"来洗澡。三月五号"雷锋"来了,三月六号"雷锋"就走了。这是一个让我们笑不出来的笑话。

给灾区捐款的现场,我听到志愿者对领导说:"您现在去捐款吧,我们给您来一个特写镜头。"

爱心止步变成一场秀,演员的阵容慢慢扩散,逐渐遍布了老中青幼所有年龄段。

人心为弦,伪善会令它喑哑。

大街上因为没有钱上学的孩子希望能得到大家的一点帮助,可是没有一个人愿意停下来看看那破纸板上写的究竟是什么。经验老到的人们指指点点,嫌这骗人的把戏低级。可是,万一这个孩子真的需要帮助呢?那些指向他弱小身躯的手指,戳痛的又何止是一颗心,它们戳痛的是所有人的良善。

那些手指弹不出曼妙的曲子,因为琴弦已松。

妻子有一个远房表弟在这些年做生意做得很成功,身家过亿。我们这里是他的老家,有一次他说过来看看,三姨听说了也想一起过来,毕竟好多年没回来了,想着搭个伴,路上也好有个照应。这位表弟给自己买了张卧铺票,三姨家境一般就买了张硬座票。快七十岁的人了,在硬座上坐了整整两天两夜,脚都肿了,受尽苦累。就这样,还不忘把自己带的水果分给那位富有的外甥一些。我们得知之后，不免对这位富有的亲戚嗤之以鼻，多买一张车票于他不过是九牛一毛，但是他选择了一毛不拔。

即便一年能挣到上千万元，可是如果只为自己活着，这上千万元就没有啥价值，只是一堆钱而已，因为那些钱里边没有一丝情义。

有人说，看一个人的本质，可以通过一张假钞观察出来。

他是无意间得到那张百元假钞的，他不舍得扔掉，寻找着机会花掉它。假钞在他的口袋里不安分地躁动，觊觎着周围陌生而新奇的世界，他一时想不出在什么地方能花掉它。它像一个毒瘤，在人群间散播毒素，蔓延冷漠。把它销毁就是把这个毒瘤消灭的好方法，可是他没有，他不想让自己平白受损失。终于得到一个绝好的机会，单位组织向灾区捐款，他堂而皇之地把这张假钞扔进了捐款箱！他为得到这个机会而兴奋，却没有办法与人分享，那是见不得人的喜悦。

王小波曾经批判过人的利益至上的劣根性——趋利避害是人类的共性，可大家都追求这样一个过程，最终就会挤在低处，像蛆一样熙熙攘攘。

切中要害，一针见血。

原本，每一个人最初的心都是上好的琴弦，音质完美，但很多人疏于弹奏，以至于让那原本可以演奏出动听旋律的弦落满灰尘。那是麻木冷漠的灵魂，再好的曲调都无法在那琴弦上流转。

人心为弦，需常常拂拭，莫使它蒙尘。

有墨

多少人手中有笔,却画不出自己想要的生活。更多的原因是心中无墨。

心中无墨,人的情感便无所依附,亦无法流淌。

有墨,可写天、写地、写春秋;有墨,可画江、画山、画社稷。赤橙黄绿,嬉笑怒骂,柴米油盐,皆可入文入画。

村有一人,孑然一身,但凡谁家来求他写个春联、喜联啥的,皆欣然应允,从不问人要报酬,只要给点儿吃食即可。他衣衫褴褛,但村人并未因此嫌弃他,皆因他心里有墨。

肚里有点儿墨水的人,自然是受人尊敬的。祖父在过年时给邻里写对联,父亲常常给人记礼账,这些都是被人高看一眼的。

麦家的父亲和他说过:家有良田,可能要被水淹掉;家有宫殿,可能要被火烧掉;肚子里的文化,水淹不掉,火烧不掉,谁都拿不走。这句话点醒了麦家,他说自己的一切都是从这句话起步的。这句话就是最初的星星之火,一点一点,最终燎原。

有墨,可写诗,可谱曲,可描蓝图,可绘声绘色地过好日子。

同样是父亲,我的父亲却劝诫我节约用墨。他和我说,墨汁够用就行,有多余的,你就要瞎画了,或者写打油诗去嘲弄别人了。父亲让我懂得了——对人恭敬,就是对自己庄重。人,永远不要用多余的墨去抹黑别人。

一名女教师对孩子们说,一个人要想在世上立足,胸中必须有墨,你将来要走的路都需要那些墨去勾画。

她是一位优秀的老师。在大多数孩子眼中,书山题海都是面目狰狞的。可是,她使这狰狞的面目变得妖娆可爱。与其说她教育的方法得当,不如说她懂得和孩子们交心。

笔者挥毫,挥的是气势、是气度;画家泼墨,泼的是意境、是胸襟。

好墨需配好砚,光听这些古砚台的名字就极妙:鱼脑冻、胭脂晕……我家有一方小巧的古砚台,不知何名。有一次,父亲喝得微醺,忽然来了兴致,想写几个字。他把桌子收拾干净,让我为他研墨。砚台干干的,像一小片戈壁滩,毫无生气。父亲随手在砚台里倒上几滴酒。我倒是第一次看到用酒研墨的,蘸着这样的墨写下的字,会不会也是有几分醉意的呢?

忽然,我就有了想法,不如就把这方砚台叫玲珑醺吧。

蘸着玲珑醺里的墨洇在苍白的纸上,父亲写下四个大字:难得糊涂。

还真是相得益彰，这几个字，是父亲生命中难得的浓墨重彩！

有墨，我便不再担心庸常的时日没有华彩。

有墨，我希望可以认认真真地写下一些厚重的文字，压住我不安分的灵魂。

江山有墨，八千里路云和月；社稷有墨，江山代有才人出；君子有墨，腹有诗书气自华。

天空有墨，乌云压顶，大雨将倾；岁月有墨，那不是污渍，是一幅画的起点；我家有墨，书房一间，典籍千册。小米粒儿的大名，叫雨墨。

有质量的日子

作家阿成在一篇小说里说："坐公共汽车去扫墓最好……颠簸的途中会有一个缅怀的过程，这不仅很难得，也十分重要。须知，一年里这样的经历，这样有质量的日子并不多啊。"他用到了一个词：质量。有质量的日子应该是什么样子的呢？

记得小时候，每逢祖母的忌日，父亲总会亲自上灶，做几道拿手菜给我们吃，而其中有一道菜是做给祖母的，我们不能动筷。那道菜是地三鲜，父亲很仔细地给土豆和茄子削皮、过油，葱姜蒜一样不少，做好后盛盘端放到祖母的遗像前。我们不免诧异地问父亲："做那么认真仔细干吗？奶奶又吃不到嘴里去。"父亲说："虔诚，不只是做做样子的。"

父亲让我懂得了，日子需要仪式感，庄严而肃穆，因为我们捧着的每只碗里都供着一尊菩萨，在护佑我们。

人在小的时候总梦想着长大后做大事，可是真正长大后又开始渴望变小，听听小调、喝点小酒、过小日子。人生所谓大事，不过是由一件件小事堆积而成的。

　　电视剧《人世间》里有一幕场景让我印象深刻。周父退休后从外地赶回来，已经好几年没见到老伴的周母得知丈夫不用再下乡，喜笑颜开。睡觉前，她还兴奋地跟老伴聊天："说个好玩的事呗。春燕她妈跟我说呀，她家电视很少开，为啥呢？她要把电视节目都攒着，跟她老头儿一块看……那我也攒了好多年的话要跟你说呢。"

　　不知从何时起，人们玩起了数字爱情游戏，比如"520""1314"……，每每到了这些日子，朋友圈里就热闹非凡，各种表白方式层出不穷，令人眼花缭乱。有时候，人往往是缺少爱才会刻意制造所谓的爱的狂欢。母亲节的时候，我就劝一些人先打电话问候一下母亲再在朋友圈里发文案。或许你发朋友圈文案的本意是传播孝道，但也要自己先孝顺了才有意义。

　　有爱的日子，爱人、爱猫、爱狗、爱生灵、爱世间万物，一切由心，一派祥和，其乐融融。不缺少爱的人，每个庸常日子里的一缕饭香，甚至一丝风、一缕阳光，都可以是礼物。

　　清晨，昨晚的月还若隐若现在云层里，淡淡的。球兰在夜里开了，花香也在夜里飘散，早晨，香气还在，沁到我们的梦里。我想等妻醒来，告诉她，"昨夜球兰开的时候，你的睫毛动了一下。"

　　一块砖挨着另一块砖，不说话，但彼此依靠，垒成一堵墙，砌出一个房，挡住呼啸的风，圈住幸福的人，守住踏踏实实的日子。偶尔的争执、怨怼都无关大局，就像妻子切的冬瓜，不管是厚是薄，烹调出的都是尘世的好味道。

你看，垃圾堆旁的花儿也能开得娇艳；你看，人间烟火升腾出来的雾烟缭绕，总会带给人无限向往的浪漫深情；你看，你在白天做饭、洗衣、收拾家务，我看着一条刚刚闭眼睛的鱼；在夜里你述说早上切破了的手指，我讲述中午那条鱼咽掉最后一口气时的挣扎……想想，这样的日子才是日子呀，活着的、动荡的，坚定不移向前奔跑着的日子。

经营日子是一门大学问。有的家庭用几根面条就能撑起热腾腾的日子；有的家庭有一堆存款，反而把日子折腾得七颠八倒。有些人把日子过成了锅巴，有些人把日子过成了诗歌。要掌握好火候，要营养搭配，荤中有素，素中有荤，日子才有滋味。

"幸福的日子，要点灯来看，要用两只手，抱在胸前。"（苏浅语）如今，我们老了，幸福的日子，需要戴着花镜，去仔细地看。

有质量的日子大抵如此吧。我想，它至少应该是不缺爱的日子。

住在一朵云里

　　云朵默不作声地在天空上缓缓飘动，一直低头看着人们，如同神灵，掌控着尘世的一切。

　　他是一位画家，只画云，他画的云比真实的云还美。他画画通常是支起一块儿几十厘米宽的画板，在粗糙的画纸上以油彩绘画。他去各个地方观察不同的云，或者就在自家后院里支起画板，然后就是在几个小时内专注绘画。每一处阴影、每片光线的渐变，他都细致入微地刻画。他最喜欢的感受是好像云已经弥散到我的身边了。

　　我问他为何如此痴迷于画云？他说，云，是他爱着的一个女子的名字。

　　那女子因车祸撒手人寰，他崩溃了，每日盯着天上的云朵看，久而久之，他迷恋上了云朵，不再满足于观望，而是拿起画笔把那些云朵移到他的画板上。他说，她就住在那些云朵里。

母亲有个姐妹，我们都叫她云姨，其实她的名字里并没有"云"字，只是因为她一辈子都喜欢看云。她给我们讲她年轻时候的事情，十六岁那年，她被下放到农村了，是那批知青里年纪最小的一个。她每天发了疯似的锄地，就为了能早点回城。太阳毒辣辣的，每个人头上都戴着斗笠，斗笠很沉，头低久了斗笠就往下滑，脖子就像要被压断了。有人干脆摘掉斗笠干活，结果肩膀都晒脱了皮。云姨一边在田里干活一边唱歌，村里的女伢就跟她学。不干活的时候，她就一个人背着画板爬到半山腰写生。画画之前一定要先对着远山大喊几声，然后听着回音，静静看着天上的云。那时，她对未来很是迷茫，看了云，心情就轻盈了几分。

　　是那些云让她挺过了人生中最难熬的日子，也是那个时候，他们相知相爱。在她眼里，那就是一朵云遇到了另一朵云，相互慰藉。在那之前，她看云是凉的，在那之后，她看云是暖的。为了这一场恋爱，云姨放弃了回城的机会，选择了留在农村，一辈子都没听过她的抱怨，她说："一朵云若是找到了最适合自己的天空，就不会再飘荡了。"在她看来，云也是会扎根的。

　　每个人的云彩后面都藏着一个人，每个人都心知肚明，但很少有人说出口，这是属于天空的秘密。如是，思念一个人的时候便习惯了去看云。想着谁，那云就是谁的样子。那个人苗条，云就苗条；那个人伟岸，云就伟岸。这世界上从来没有这么善解人意的事物，它可着心儿地让你躲在它的怀里，避开世间的谣言和恩怨。

很多人都不说话，很多人在夜里飘走。像一朵云，不知道什么时候就融化在天空里，没了痕迹。

火车上，对面的女子一脸愁容，眼中噙泪，似有很重的心事，或许是与恋人刚刚分手，又或许是急着赶回家乡看望病重的亲人。她看着窗外，仿佛要把从前的日子看回来。一朵云刚好飘过，我看见她的眼里因为这朵云的飘过而有了明亮的光彩。这朵云刚好点缀了她，就像忧伤的湖面上铺着一朵云的倒影。

每个人的云彩后面都隐藏着一滴眼泪，但并不悲伤，那只是纯净的岁月里沉淀下来的，最美的一颗珍珠。

人到中年，喜欢躺在摇椅上，摇扇、看云，花开花落，云卷云舒。人间的大地与天空，每一刻都有诗句在悄悄萌生。尽管我努力去辨别，但仍旧无法记得去年的那朵云彩，因为飘过的每一朵云都下落不明。但我和大多数美好的心灵一起，依然执拗地抬头仰望，我知道我们要寻找的其实不是一朵云，而是一颗想念云朵的心，美好的人都住在那里。

不语

"沉默多好,不用阿谀奉承,说讨好巴结的话,一眼望尽万里山河,一心可纳风霜雨雪。嘴巴,除了吃饭,还是给它上了锁为好,乐得清静。"

这是我的"哑巴"兄弟在一张纸上写下的字,也算是给我的一个回复。因为我之前问过他,为什么现在那么沉默?要知道,以前我们七八个同学在同一个寝室,我和他住着上下铺,他可是寝室里最能说的那一个,总是熄灯之后很久才缓缓关上他的话匣子。为此,我们没少受扰。如今,他却惜话如金,也不知经历了什么大悲大喜。问他,他竟然连嘴巴都不张,在一张纸上写出这文绉绉的话来。

他让我想到争强好胜的画眉,听见另一只画眉的叫声,就想用自己的嗓子压倒它,对方也不甘示弱,一直鏖战得天昏地暗,终于分出胜负。失败的一方恼怒不堪,从此不再鸣叫,变成了一只哑鸟。这不再发声的沉默里，藏着一种尊严。

此刻，我的"哑巴"兄弟坐在屋顶上，如哑鸟一般静静看着一地的月光。看到他，我想到尘世中一些沉默的事物，这种沉默里其实翻滚着更为澎湃的波涛，只是，那些波涛需要我们洗净灵魂才听得到。

曾经，我亦是不语的少年，见到陌生人总是一言不发，低着头摆弄自己的衣服，那样子就好像一只鸟在一根根地整理羽毛。

不语的菩萨，捻指含笑，暗中指点你前路不明的命途。

不语的石头，或棱角分明，或左右逢源，任由风的雕刻。

不语的沙粒，在蚌的体内变成珍珠。

不语的月亮，在星河中排兵布阵。

不语的星群，在月亮麾下集结。

不语的蜘蛛，在八卦阵前运筹帷幄。

不语的花瓣，以花香结网。

不语的画作，用色彩呼吸。

不语的山墙，记录着很多人到此一游。

不语的天空，飘着两种颜色的云。白色的正在擦拭流言，黑色的忙着毁灭证据。

不语的路灯，伸长脖子，尽力把光照得再远那么一寸。

不语的床板，吸纳梳理着呻吟、甜言、谎话、鼾声和梦语。

不语的母亲，在暗夜里飞针走线，所有的针脚里都埋着她关切的眼神。

不语的父亲，像那棵老树为我们鞠躬尽瘁，不舍昼夜，长出更多的枝，散出更多的叶子，为我们遮风挡雨。老了，伐倒，制成棺材，树根又可拿去做根雕之用。

有时候，不语是情感里的最高境界，就如加缪所说，"年轻时，我会向众生需索他们能力范围之外的：友谊长存，热情不灭。如今，我明白只能要求对方能力范围之内的：陪伴就好，不用说话。"不论是友情、爱情或者亲情，默默陪伴是唯一的真谛，当我们学会享受那份宁静，便都会从那沉默中获得安慰。

川端康成以不语闻名，一名女记者在采访他的过程中，他一言不发，用那双阴郁忧愁的眼睛望着女记者足足有半个多小时，最后那名女记者崩溃大哭，跑开了。我觉得那沉默里有大海一般的深邃，也有冰山一般的冷峭。看吧，我已经无所不用其极地夸赞。可是，从世俗的眼光来看，那明明就是不善言辞、不懂人情世故嘛。但就是因为他是川端康成，所以这就变成了他的独有的特色。那么，努力让自己变得伟大起来吧，那样，你的短处也就成了你特立独行、与众不同的气质。

不语者，经常被看作是智慧的，那些喋喋不休的人，和满院跑的土鸡毫无区别。

所谓宁静，不是没有声音，而是忘记自我。日本诗人谷川俊太郎曾说过，说很多话是很浅薄的，他私底下是最不愿意讲话的人。不语的谷川俊太郎，却通过诗歌，为我们打开了话匣子。

洞悉一切又沉默不语，冷眼看着无助的人们汹在暗处的河流。和谷川俊太郎一样,我也不对任何事情发表意见,只是默默地看着他们,怀着悲悯之心,看大雪铺天盖地,白床单一样。

年轻时阅读到好作品,常常会赞不绝口,甚至拍案叫绝,而今,读到好作品的精妙处,却往往沉默了,在那沉默里,收获了更多的谦卑和谨慎。哲学家维特根斯坦也说:"对不可说的东西,应保持沉默。"我希望某一天,有人在评价我的沉默时,会这样说——在朱成玉的沉默里,能看见雪,苍茫一片,也能看见繁花,如锦似缎。

我是我们的偏旁

灯是灯笼的灯,去向不明;我是我们的我,扎根于此。

巴枯宁说:"我不想成为我,我想成为我们。"我是小溪,我们是海。小溪只能孤独地蜿蜒慢行,海却具有吞噬一切的力量。

两天前,你终于还是没能战胜病魔,独自离去了。你是与我灵魂相吸的少数几个人中的一个,我困在离别的悲伤里难以自拔。该怎么形容你的离去?茧上的丝,一根一根抽走,你能想到那种绝望。不是花离开春天,是香离开花;不是水离开河流,是鱼离开水。

你走了,我便是残缺的我们,我是我们的偏旁,孤独的偏旁。

"我"从"我们"中抽身而出,带着撕裂感。我不知该如何形容你的离去,我花了极大的气力,才让自己稍稍平复。

如果"死"是不吉利的，我愿意把这个汉字五马分尸。我们铁了心说要一起终老的，可如今，却独留我一人活着。

时下里，越来越多的老年人喜欢搭伴儿养老。几个要好的朋友去同一家养老院，条件好一点儿的一起建造一个类似于小庄园的场所，要好的朋友都生活在一起彼此有个照料，最主要的是彼此能取个暖。生命的最后时光，灵魂相近的人要一起走。

我们也有过那样的愿望，只是，我们刚刚翻过中年的山峰，你就私自跑掉了，放了我们的鸽子。

某一刻，我数起了一生的悲欢。欢乐无多，悲却不少。比如，一生都到不了的地方，永远不会与我和解的生活。比如，久久伴随我的那些不安……它们，有些是我的，但更多的，是我们的。

我不过是拿着话筒而已，发声的，是我们。

我是我们的偏旁，我在这里写下的，就是我们心里想说的——

所有的凋零里，都埋藏着一场盛大的花事；所有的漂流里，都激荡着无以复加的安稳。

一生中相同的日子太多，多得让我们想不起来去珍惜，一场叶落或者一次花开。我接住一片叶子，就跟着它经历了一次死亡；我扶起一棵幼苗，就跟着它获得了一次重生。

车站里有各种各样的人，就是没有了我要找的你。

晚睡的人，都是宽恕了孤独的人。

有些人在爱的时候，也像在恨。

孤独是一味药，可以治疗孤独。

太阳西沉，人世的幕布每天都要关上，送别一些人，第二天再拉开，迎接一些人。

这世界从来不缺少值得歌颂的事物和爱，也不缺少诅咒和恨。

……

老了，爱重复说话，我写下的这些再也无法当面读给你听，但我知道，这些孤独的想法你一定还是感受得到。

老了，爱随手关灯，爱打盹，可是夜里又睡不着。看着对面楼的一扇扇窗子，次第关了灯，慢慢地，全都关掉。我望着它们，想象每一扇窗子里发生的故事。喜欢趴窗户的胖小子，从婴儿到少年，我一路看了过来。爱吵架的夫妻，吵了十多年，两个人的脾气还是没有一丁点儿的改变。剧情经常会重复，有一种恍若隔世之感。常青藤又高出一点儿，马上就爬到第五层楼的窗边了，这是唯一的变化，提醒我，日子向上爬着，离阳光又近了一寸。

我们的生命里有太多的石子，有些是你自己捡的，有些是别人给你的。那些冷言冷语是石子，那些嘲弄和诋毁是石子，每一颗都会令你头破血流。

生活有很多不平，这些石子是不是可以派上一点用场？

人浮于事，多半需要自救。我们看似平静，却没有人知道我们内心的水深火热。

我拿着话筒,我们在发声。我是我们的偏旁,我们是我的岸。我若凋零,我们便临近枯萎。我们若离散,我便提前把哀歌唱遍。

我很冷,我想你能回来,陪我猛灌两碗酒,就着三两风、几片雪。

我很孤独,我想成为,我们。

在那些美好的事物面前

都说那晚会看到最大最圆的"超级月亮",可是很不巧,我们这里却阴天了,我和小米粒等了半天也没等到月亮出现。小米粒困了,要去睡觉,她对我说,如果月亮出来了,一定要喊她来看。我答应了她。

后半夜,月亮真的出来了,又大又圆的月亮,看上去真的比平时胖了一圈。这么美的月亮,我想让孩子看一下,便去睡熟的小米粒耳边轻轻唤她,她睡眼惺忪地不耐烦地起来。妻子埋怨我不该把孩子弄醒,我却认为,孩子少几分钟睡眠无妨,让孩子内心注入几缕月光才是最重要的事情呢!

我想起儿时,母亲就是这般领着我,在大月亮照耀着的地里漫步。月光就这样慢慢尾随着我的影子,渐渐步入我的内心。

从此,小米粒儿总是很痴迷月亮,常常望着它发呆。我一直在想,这月光到底在她小小的心灵里产生了什么样的影响呢?直到有一天,为了进入写作状态,我听着一首很忧伤的曲子,面色凝重。不知道她什么时候就轻轻地走到我的身边,对我说,"爸爸,别担心,有我呢!"或许她以为我受了什么委屈吧!那一刻,我便知道了,她深情凝望的月亮已经深深植入了她的心灵。

冯骥才在他的一篇文章里有描写过这样一个细节:"一次在西塘的河边散步。路边一户人家,用一根细木棍支着一扇窗户透气,此时天已经凉了,窗台上摆着一个花盆,屋内的一位老太太想把花盆拿进去。她拿起花盆的时候,花儿上正落着一只蝴蝶,可能睡着了。老太太把花盆拿起来时,轻轻地摇了一摇,似乎怕惊吓了这只蝴蝶。蝴蝶飞走了以后,她才把花盆拿进去。"怕惊醒睡着的蝴蝶,我想,老太太的内心该充满多少善念和诗意。这睡着的蝴蝶,在冯骥才这里显然是一种隐喻,它是美好的代名词。

一直为青春年少时的一件事耿耿于怀,那件事是恋人写给我的信被人偷看了,美好的信被偷偷地拆了封口。我发誓要找到这个猥琐的人,暴揍他一顿。我想了各种方法,比如拿信封去验指纹,可终觉得有些小题大做。我给负责收发信件的人买了烟,想从他那儿得到一点蛛丝马迹,可是那家伙的嘴巴很紧,不肯透漏半点风声。不过也好,自从给他买过烟后,我的信再没被人偷偷拆开和丢失过,而此时,我与恋人的爱情也已公开。生活就是这样,当你极力要守住一个秘密的时候,总有好事的人将那美丽的陶罐敲出一丝裂缝来,让那些干净的水渗出来,沾惹俗世的尘埃。而当那些秘密像一场公开放映的电影一样被人从头到尾欣赏过之后，除了满地的烟蒂和擦过眼泪、鼻涕的纸巾之外，再找不到一丝人们趋之若鹜的痕迹，人们会选择用遗忘将它们抛开。

我的哀伤常常是没有来头的，看一部好看的片子、听一首耐听的曲子，然后，轻轻地落泪。原谅我，在美好的事物面前，我无法欢快，更多的是疼痛，那种来自心灵深处的、幸福的疼痛，你是否懂得？

商略有一首诗，写道：

> ……
> 一群白鹭飞过
> 门前的半个山都晴了
> 最好的生活，是我们可以不看到人
> 只看到白鹭
> ……

这是多纯净的美啊！

有时候，面对着美好的事物，有些人欢欣鼓舞，也有一部分人满怀忧伤，这倒并非坏事，因为那份忧伤里有着他们对美好事物的珍惜，担心它们流逝得太快。如今，还有哪些美好的事物，可以让忧伤的"书生们泪流不止，一口气写光世上的纸？"（叶舟语）

只言片语的温暖

　　她是一个爱美的女子，但命途多舛，在孩子五岁的时候丈夫开车出了事故，意外离世。她一个人既要工作又要带孩子，又遭到小人排挤，替人背黑锅，被打成重伤，额头上缝了七针。疼痛她能忍，但是这几乎毁容般的疤痕令她如鲠在喉。从此，她留起了长长的刘海以掩盖那丑陋的疤痕，整个人变得郁郁寡欢。

　　那个一直爱她在心底的男子，对她说："你是一个命中有火的人，我名字里有木头，正好可以给你当柴烧。"

　　她被他逗笑了，一双酒窝迷人极了。她知道，这么多年，这个人一直默默地帮衬着她，如果没有他，她有可能没勇气走到今天。这么好的人，不该错过。

　　她把刘海剪短，额头上的伤疤显现出来，却没有让她的美丽打多少折扣。

高中时,他和她是同桌,他们两个互相尊重,甚至有一点点喜欢对方,这从他们彼此看向对方的眼神中就能感受得到。

　　他们的学习成绩都很好,每次考试都名列前茅。他的理科出类拔萃,她的文科更胜一筹,两个人取长补短,他帮她攻克数理化,她帮他提升阅读与写作能力,彼此相得益彰。

　　时间长了,两个人的交流已经不再局限于课本了。课余,他们也会经常探讨一些课本之外的知识,他惊讶于她对于文学的广博认知,她呢,佩服他那种一丝不苟的理性推理,望向他的眼神中,就有了那么一丝丝爱慕。他却不敢把两人之间的感情挑明,因为他对她更多的是欣赏。

　　那一年,他的爸爸妈妈离婚了,他把自己的苦痛说给她听,她就教他折纸星星,他们一起折了满满的一抽屉。她说:"每一颗星星都是幸运星,一颗都不要弄丢哦。"

　　可是她忽然就有些伤感地说:"幸运星真的会帮助我们转运吗?"

　　他不知道,其实,她正走向更悲苦的命途,她马上要辍学了。辍学的前一天,她送给他一个自己缝制的小熊,她说家里穷,再也拿不出钱来让她读书了,这个小熊就留给他当作纪念吧,希望它能带来好运。

　　他不知道她为什么要送他一个小熊。许多年后,他成家立业,这个小熊一直没有扔。有一天,他把它送给孩子玩儿,孩子不小心撕坏了,满肚子的星星就淌了出来。

每一颗星星都是用亮闪闪的糖纸折的，每一颗星星都发着耀眼的光。他再一次想起她说的话："每一颗星星都是幸运星，一颗都不要弄丢哦。"

他知道，他把最亮的一颗幸运星弄丢了。

姐姐好面子，离婚之后，在人前总要光鲜亮丽，有说有笑。因为她不想看到别人同情的眼光。悲伤，是她一个人独处时的事情，是她根本甩不掉的影子。

如何甩掉悲伤的影子？躲到更黑的阴影里，这是她的哲学。可是只有我知道姐姐的苦。姐姐的生活条件不好，像样的衣服没几件，平时总是舍不得穿，只有去人多的场合才会穿上好一点的衣服。

有次我被歹人刺伤住院，姐姐来医院陪护。第二天早晨天刚亮，我突然疼得厉害，大声地喊叫。姐姐吓坏了，来不及披上外衣就跑去找医生。医生为我处理好伤口之后，我才看见姐姐披头散发的，光着脚穿着双拖鞋，内衣的肩带上还破了个洞，我的心里五味杂陈。外表再怎么光鲜亮丽，可是内里终究暴露了她的贫寒。

她似乎也想开了，有点儿"破罐子破摔"的意味，就这个样子跑出去，买了早餐回来。我实在不敢想象，这一路之上，她会被多少目光叮咬。

小时候，姐姐常常对我说的一句话就是："别怕，有姐姐在呢！"在她的庇护下，我得到了很多温暖。可是现在，我多想和她说一句："姐姐，别怕，有弟弟在呢！"

朋友和妻子因为性格不合，每天争吵不断，无奈离婚搬家。半年之后的某一天，他想回去取点儿旧物。到了门口，他想敲门，又有些犹豫。虽然他手里有家门的钥匙，但是他想，她应该早已换过锁了，手上这把老钥匙怕是没有用了。不过他倒想试试运气。没想到，那把老钥匙竟然无比顺畅地溜进了锁孔，门开了。

就为这，朋友决定复婚。在破镜重圆的婚礼上，主持人问起这把老钥匙以及那把门锁，妻子说："我一直没有换锁，就是等着他，有一天能回来。"